# 小食谭记

钱红丽 著

天津出版传媒集团

百花文艺出版社

图书在版编目（CIP）数据

小食谭记 / 钱红丽著. -- 天津：百花文艺出版社，
2024.4
ISBN 978-7-5306-8809-0

Ⅰ.①小… Ⅱ.①钱… Ⅲ.①散文集-中国-当代
Ⅳ.①I267

中国国家版本馆 CIP 数据核字(2024)第 062478 号

# 小食谭记
## XIAOSHI TANJI

钱红丽 著

出　版　人：薛印胜
责任编辑：王　燕　　装帧设计：彭　泽
出版发行：百花文艺出版社
地址：天津市和平区西康路 35 号　邮编：300051
电话传真：+86-22-23332651（发行部）
　　　　　+86-22-23332656（总编室）
　　　　　+86-22-23332478（邮购部）
网址：http://www.baihuawenyi.com
印刷：天津海顺印业包装有限公司
开本：880 毫米×1230 毫米　　1/32
字数：200 千字
印张：8.25
版次：2024 年 4 月第 1 版
印次：2024 年 4 月第 1 次印刷
定价：68.00元

# 序

曾园

张晓风谈台湾美食书时说："早期的美食写作重点是怀乡，美食文学到逯耀东而一变，至焦桐而二变，逯氏把地区怀念扩充为历史怀念，美食终于走进历史的大殿堂，而焦桐却把食物加以诗的桂冠，让它接近宗教的高度。"

中国台湾美食书籍大陆读者并不陌生，最知名的要数梁实秋、唐鲁孙等人。在大陆，还要加上赵珩、汪曾祺与王世襄等先生。

大陆的第二代美食作家大约等同于《舌尖上的中国》的顾问们。在这个琳琅满目的系列节目里，美食是含蓄的中国人最热烈的情感表达——这与很多离乡背井来到大城市生活的人对故乡的思念有关。

在中国台湾，"怀乡"之情更为炽烈。刘震慰《故乡之食》一书介绍一九四九年前中国各地美食。受访的乡亲们谈及故乡美食"老泪纵横，泣不成声。"美食文学在变，亲情未变。

张晓风所说的"逯氏把地区怀念扩充为历史怀念"，简单说就是"寻根"吧。两岸共同的根须纷纭缭绕，一直都缠绕着那根茄子——《红楼梦》里的"茄鲞"。一九八三年北京中山公园"来今雨轩"宴请红学专家的红楼宴中就有此菜。与会者周汝昌、邓云乡、周策纵、周岭均谓不好吃。更多作家只是觉得此菜做法"惊人""暴殄天物""穿凿炮制"，是"贵族的独门秘诀"。据王世襄先生哲嗣王敦煌介绍，此菜很多人一直在仿制，"真拿文学当烹饪技要了""哪家做出来的是味儿，但凡会做菜的主儿都知道，这款菜根本就没法做。"

从逯耀东《肚大能容》一书我们得知"茄鲞"是清朝南北均有的普通菜肴。据清初丁宜曾《农圃便览》一书记载那是一味流行民间的乡村俚食。大吏出京巡视或上任，随行厨师会携带顶配"茄鲞"，配以当地鸡豚，可立即上桌。被称为"路菜"。"俚食"与"路菜"当然不可同日而语，共同之处是干制久贮，随时食用。

令人扼腕的是，"来今雨轩"的厨师可能不懂"鲞"是一种干菜，其次，也不懂王熙凤所说的"外加糟油一拌"中的"糟油"即江南常见之"糟卤"。此菜属《随园食单》中的"糟鲞"一味。据邓云乡先生所说，端出来的"茄鲞""黄腊腊的、油汪汪的一大盘子"。这显然是不属于"糟卤"的菜品。可叹那些红学家，相信一九八三年的厨子的厨艺却不相信曹雪芹的诚意。在我狭隘的视野中，扶霞·邓洛普就执着地相信"茄鲞""想来应该是至上美味。"王宣一在《国宴与家宴》中对母亲的生活哲学有过一次归纳："她的做菜观念永远是《红楼梦》的茄子，一口吃下去，所有的功力不言而喻，那才是真正的好东西。"她又说："所有深沉的悲痛，都像那只不起眼的茄子，深藏不露，以家常的姿态呈现出来。"这算是江浙菜最好的赞美诗了。

王宣一母亲许闻龢出自浙江海宁名门望族，对于江南曹家的记忆并不陌生。我们因此会想起宋代谚语："三世仕宦，方解著衣吃饭。"赵珩先生的曾祖父赵尔丰是四川总督，唐鲁孙先生曾叔祖父长叙是刑部侍郎，王世襄先生的高祖王庆云是两广总督……然而，家世恐怕我们也不能照单全收。若没有关于品味平等的商量与争执，社会很难保留完整的味觉系统记忆。做错了的"茄鲞"之外，明代官员喜闻腐臭鲥鱼，老佛爷偏爱吃陈米……

食客未必真懂吃，美食则自有灵魂。钱红丽这本《小食谭记》恰好接上了《故乡之食》中的《食在安徽》那一章：臭鳜鱼、腌笃鲜（没错，这是一道徽菜）、金华火腿所用的猪来自徽州、雪花藕、马兰头、草头、苜蓿草……这些百年来一直被连绵提及的食材，让人落泪也让人信服。

我多次去过安徽，一九九五年参加《诗歌报》黄山诗会，只记得石鸡好吃。二〇一八年长假与好友满富兄家人驱车在安徽慢慢走了好几个县。土鸡土猪土鱼土菜，无一例外都很好吃。烹饪得当，滋味绵长，这片土地的味道在我的记忆中持久阴燃着。我想我算是了解安徽了，直到我读到钱红丽的这段文字，才明白我看到的图像是黑白的，颗粒度也嫌太大：

> 沿途，一座座村庄，家家农户小院里，无一例外均在晾晒焯过水的豇豆。这里人的心思何等细腻，绣花一样……仿佛认真织着的一匹匹锦缎……这些被晒干的豇豆，多是用来制作一品锅了。

《浪漫地理学》提到浪漫主义的第一个特点是"对能量的敬仰"，自以为热爱"深度游"的我，对这片土地"能量"的感受只能说是微乎其微。更进一步说，我们（加上那些美食家也行）对自己故乡的了解又有多少呢？一生的最后一页，账上记载的是一个人享用过多少物质财富与精神财富。我们就仅谈物质财富吧，那些帝王真的曾尊重并享用过那些神乎其神的食材吗？

钱红丽真懂江南：

> 清明，此时，地气盛极，我家门前一树一树泡桐花，紫嘟嘟地垂坠而下。
>
> 村气，那是万物的源头。
>
> 春来，菜园里蔬菜们疯了一样起薹，我们根本吃不过来。
>
> 入了秋，虽说无一样水果打牙祭，但小河慷慨，野生鸡头果、菱角管够。

《小食谭记》写的就是所谓的"俚食",范围不限于安徽,可以说遍布江南。汪曾祺先生吃过写过,钱红丽会再吃再写,有赞有弹,来回商量。她爱吃石榴,也爱女生吃石榴的情景。"吃石榴,要把一颗心定下,坐着慢慢剥来吃——汪曾祺在西南联大那会儿,肯定也恋爱,大约尚未处到与姑娘一起吃石榴的份上,便分手了。不然,他肯定要好好写写怎么吃石榴。"这真遗憾。

说味道,她更用心:"油渣的至香——那种遥远的香,似被一种强壮的体格支撑着,让人难言,简直令我的嗅觉起义,风驰电掣,一往无前,不可一世。"油渣就是为她发明出来的吗?

贫寒的过往为她的写作更添一个层次。以前,母亲的教导是这样的:"人最不能贪图吃穿,要看就看肚子里有没有货。"这种教导至今"无法脱敏","她确乎给我的人生下了蛊,真是无能为力去挣脱。若真买了一斤藕带爆炒着吃下去了,那种精神上的罪恶感,比不吃时的馋劲,还要折磨我些。于是,为了获得灵魂的安宁,我每年都忍着不买。""这种理念像蛇蝎子一样毒辣,一直隐秘地埋伏在将来的道路上,时不时伸出来咬一口,让我的心痛上加痛,……一个大人是怎样将自己的节制观念,钉子一样牢牢地镶嵌给了一名少女,即便成年以后自己拔出来,还是带着铁锈与血肉……"

现在,母亲仍会说她买错了菜。"这么贱的用来喂猪的山芋梗,卖这么贵,你真舍得哟!"做"六月黄"小吃时,她提醒我们"柴鸡蛋七八只(要舍得)"。因为鸡蛋少了(或用了有腥气的洋鸡蛋），是对食材更大浪费。不在此处就在别处，她时时提醒自己（还有我们）：要舍得。是的，这是一本舍得之书。

林文月最喜欢"人间美味之首"的潮州鱼翅"那种浓郁而细致的口感"，但主中馈（即大陆所谓"围着锅台转"）之后，舍得花时间烹制去报答师恩。钱红丽做菜的用心，是为了孩子肯多吃一碗饭——这同样是报答上天给予的神秘礼物。神奇的是，在报答馈赠的时候，她又一次得到了土地的馈赠——食材的滋味与抚慰：

"说当年的自己穷困潦倒，实不为过，是鸽子汤搭救了我。""食物的特殊香气，何以将一个原本郁郁寡欢的人深深撼动，随时要起飞升天？""每当辣得哇哇叫，迅速喝一口冰赤豆酒酿，是月到中天华枝春满。"悲痛的记忆与治愈的超脱，成全了人的一饮一啄。

对于江南，外人总是显得太外行。如果要写，无非是查资料再次去谈谈鲥鱼刀鱼与河豚。书中她是这样收拾"长江三鲜"的：

> 琼花也谢了，刀鱼的刺变硬，不再可口。或可去一趟苏杭，喝一碗莼菜羹，顺便点一盘红烧河豚？实则，河豚并非对我的味蕾，也就吃个仪式感吧。至于鲥鱼，刺太多了，一个急性子，是不合宜吃鲥鱼的。

品鉴方式淡然又准确，往往好像也不太客气。一个人若买菜不对，可能会得到她的差评。但若有一点可取之处，她会不吝赞叹："一个人平素不论何其俚俗，如若拎上半斤马兰头，三两株笋，踯躅于春日的窄道巷陌，这人顿时拥有了弈棋清客的气度。"一盘香气扑鼻的"俚食"，她会反复打量："香椿的浓紫，杂糅柴鸡蛋的金黄，颇有繁丽之妍。"

书写得很好，可举出更多例子。比如《故乡的年》写杀猪，只有真懂乡村生活的人，才能写出杀戮的日常性，从腥膻刺眼的内脏迤逦写到喷香鲜美的菜肴。曾经我最佩服的是张爱玲的写法："最可憎可怕的是后来，完全去了毛的猪脸，整个地露出来，竟是笑嘻嘻的，小眼睛眯成一线，极度愉快似的。"随着时间的推移，我觉得看一次杀猪就写还远远不够。君子可以远庖厨，既然已没有君子了，还是像钱红丽那样写杀猪才显得自然又有韵味。怎么写的？请看书吧。

# 目 录

# 水三仙帖

## 菱角菜

如果顺时针旋转的栀子花苞里，藏着一整个宇宙的奥秘，那么，菱角菜的滋味里，一定流淌着一条大河的气息……

朋友寄来包裹，有菱角菜、蒲芽、藕带，是珍贵的水三仙，自带流水的清气，印刻于DNA里的与生俱来的气息，一霎时氤氲开来，无比治愈。

野生菱角菜，口感最佳，一株株，小而瘦。侍弄它们，需极大耐心，将禾秆上细毛捋掉，掐掉叶及花柄，反复揉搓，去除水锈，切碎，与老蒜粒同炒，激点水，盖锅焖三两分钟即可，夏日佐粥的最佳小菜。

水生植物一向清火，吃过菱角菜的口腔内，仿佛滑过薄荷一般清凉。

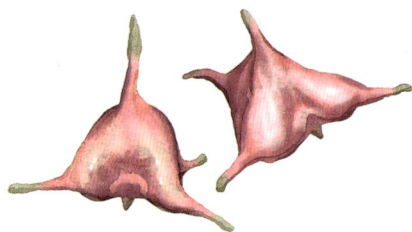

菱角

　　我家乡的河流里，遍布野生菱角菜，叶秆青绿。初春自河底生发，牵藤至河面，散叶开枝。初夏，开白花，花落，菱出。盛夏成熟，翻开一株，五六七八个青菱，花生粒大小，四个角，尖而戳手。小孩们大抵于圩埂放牛无聊了，才要下河摘几个青菱打打牙祭，含于上下牙间，轻嗑，白浆出，微甜，不比家养的红菱鲜甜多汁，聊胜于无吧。每次吃它，嘴唇都被尖刺戳破，胀而痛。

亘古即在的一条小河，自我们村前蜿蜒……每年春上，大人们默契地各自认领一片河段，将头年珍藏的老菱裹上泥巴一颗颗抛下河里。等我们脱下夹衣则是仲春了，菱角禾秆自河底扶摇直上。初夏，铺满整片河面。菱角叶子接近革质，可反射阳光，老远望见，白亮亮一片，随着气温升高，开始疯长起来，若干菱角菜盘被同伴挤出水面，耸立着，照常开花。正午，当路过河边，可听闻游鱼撕咬菱角菜发出的"咔嚓咔嚓"的微响，也是天地自然的律动。

家养菱，叶绿，禾秆、果实皆红，大而壮，随便拽四五株，够炒一碟了。坐在河边，毛、叶捋净，放青石上像洗衣那样揉捻，去除水锈，切两个青红椒同炒，一碗下饭菜。

河流是天然共享的。那么，谁都可以去河边拽几株菱角菜享用，纵然被主人看见，也无大碍。这种水生植物的繁殖力天生强悍，人一遍遍拽它吃它，倒刺激着它一日日快速复制，从未见少过。等秋风起秋霜降了，又是流水哗哗的一段河面了，世界仿佛从未发生过什么。

红秆菱角菜，口感微涩，但不仔细品呷，也体味不出。早餐喝粥，吃它。中餐吃饭，也喜欢端出搭搭嘴。嫩菱剥出，可生食，亦可熟吃。素油清炒，脆嫩，多为宴席备用。

有一年，小姨父去世，在老家县城饭桌上吃到过一回素炒菱角米，桑葚一样紫的嫩菱，热气腾腾堆在碟中。我夹一块，慢慢品呷，依旧几十年前的滋味——想起童年，小姨正青春，彼时为小学代课教师的小姨父坐在房里拉二胡给小姨听的样子……恍如隔世。

晚夏时节，外婆喜欢用老菱煮粥，甜而糯。合肥菜市偶尔也能遇见一二，比起家乡的风味，则要逊色。大约与产地、水质相关。活水河中生长的食物，才有生命的滋味，茭白、莲藕亦如是。

菱角菜一时吃不完，外婆将其洗净，晾干，腌制起来。发酵过的菱角菜，乌紫乌紫的，犹如一坨坨墨疙瘩，自坛里掏出，搁饭锅蒸透，抹些水辣椒，不愧为下饭之绝响。

许多年未曾享用过腌菱角菜了。

近年，每次回芜探亲，难免匆匆，无暇去菜市买些菱角菜带回。不承想，朋友回老家无为度假，赤心投喂我如此珍爱的食物。

上午，我坐在客厅小凳上，一株株耐心掐饬这远道而来的菱角菜，放菜盆里一遍遍揉搓，再切切碎，拍五六瓣老蒜，用菜籽油爆炒。一顿饭的工夫，被我一人饕餮大半。与童年时一样的粗朴口感，滋味无匹，别人何以体会得到？

如此平凡的一味水中小菜，却一年深似一年印刻于味蕾深处，实在珍贵。

# 蒲芽

蒲芽，顾名思义，香蒲的嫩芽。

香蒲多栖身于沼泽、河畔，属多年生水生植物。

在我的家乡，要等到端午时节，香蒲才会被关注到。农历五月初五，一早将艾蒿自菜地砍回，再去河边摘了几片香蒲长叶，与艾蒿同绑，悬挂于前后门……两者均为辟邪之用。小时候的我听闻艾蒿特有的香气，可以驱鬼，我们那里唤香蒲为"宝剑"，以形赋型，酷似长剑，故，同样可以劈妖除魔。

只是，不曾想起过要去吃香蒲的嫩芽。

蒲芽

近年，或许人们茹荤过度，忽然想起蒲芽素白清淡的好。一年年地卖上了高价。我在合肥菜市从未遇见过。

上海五星级酒店里，大厨喜好以蒲芽与火腿制馔——猪骨、鸡鸭吊高汤，入火腿，上桌前，下一小把蒲芽……醇厚油腻的肉味，被素朴的蒲芽点了睛，食其清新之气。

蒲芽相当于蔬菜界的妙玉吧，原本性淡无争，一身鹅黄，自水出，如柔荑，嫩得一阵风就能把它吹折，素淡而雅，荤素配之，皆可。

蒲芽焯水，切碎，加入鸡蛋，平铺于锅底，煎成蛋饼，也是一味。

我则素炒。一只新鲜小米辣切丝，拍两瓣老蒜，烈火炝锅，五六秒即出。食之，脆嫩无渣，是原初的清气，舌上生风，如一条大河穿林而过。

距家百米的荒坡沟渠内，也被园林工人植了一丛香蒲。到了秋日，结蒲棒，黄褐色，像一根根火腿肠在风中摇摆。蒲棒可入药，《本草纲目》里有记录。


## 藕带


每年春夏之交，徘徊于菜市，难免徒添烦恼——藕带上市了。

每斤三十余元，确乎蔬菜中最昂贵的。我总是纠结于深渊般的心理负担——倘若买来吃了，必有罪恶感，似乎顿时化身为亡国之君般骄奢淫逸。

这大约与小时家教有关。我妈妈从小灌输与我：人最不能贪图吃穿，要看就看肚子里有没有货。我也纳闷，一个仅读了三年小学的妇女，何以如此看重精神生活？

纵使活至半百的岁数，依然对我妈的教导无以脱敏。她确乎给我的人生下了蛊，真是无能为力去挣脱。若真买了一斤藕带爆炒着吃下去了，那种精神上的罪恶感，比不吃时的馋劲，还要折磨我。于是，为了获得灵魂的安宁，我每年都忍着不买。

藕带

用我妈的话讲，这有什么吃头的，比肉贵好几倍，不如吃鸡鸭鹅，简直是吃钱。去年吧，当听说我买回的两小把山芋梗四元钱，她着实感慨，"用来喂猪的山芋梗，卖这么贵，你真舍得哟！"

四元的山芋梗，我妈都埋怨贵了，何况三十五元一斤的藕带？我若吃了，想必她会赶来梦里跳脚谴责！

朋友慷慨，说是老家藕带便宜，豪奢地赠我两斤。

终于实现了藕带自由。以六只小米辣炝锅，豪横地炒了一盘酸辣口。藕带的脆爽可口，自是无双。它也是最泼辣的菜，吃得人大汗淋漓，像跑了十公里那么快乐。

生命无意义，不如治馔。这些生长于河流的平凡之物，对于人类，一如恩物。

初夏的风一直吹。坐在电脑前，一歪头，窗前一株合欢，无数粉花树巅起伏……长风万里，自遥远的南方来，吹着一树树绿叶如浪如滔。麻雀、乌鸫、伯劳们在小竹林中叽叽喳喳，人世如此安宁。

# 春膳五帖

## 马齿苋

去年春天，在花盆里养了一株马齿苋，准备秋天时收集一把种子，将它们撒到更大的花盆……展望今年初春，可以享用到一碗马齿苋蛋花汤。

或许底肥沤得太甚，这株马齿苋一直不问寒暑开枝散叶，一日日痴呆呆地，终于长傻掉，压根忘记开花结籽这一茬，挨到寒冬，开了第一波零星小黄花后，整棵植株被彻底冻死。

我自小喜食马齿苋，吾乡称之为"马菜汉"。

这种植物喜好肥沃之地，韭菜地里常见。勤快些的人，挨家韭菜畦边走一遭，一会儿，可得一篮。回家掺上稻草灰，使劲揉，揉出汁水，曝晒。与肉同烧，滋味殊异。

许多年来，一直以为马齿苋就应该这样吃，直到去年春上，去公婆家。孩子爷爷神秘地告知我们，午餐将有一道时令菜。原来，老人家于小区犄角旮旯处，拔了一批新鲜马齿苋。用滚水焯，切碎，以姜蒜粒炝锅，大火略烹。口感滑腻，齿颊留香，一小盘，一扫而光。

到了仲春，气温骤升，马齿苋开花结籽，再吃，口感颇柴，微苦。惊蛰、春分之间，马齿苋最为鲜嫩。

干马齿苋的幽香之气，无比治愈。家附近菜场，有一两位老人，常拎着一小篮干马齿苋，自盛夏一直售卖至寒冬。我成了她们的核心主顾，每斤二三十元不等。一次三四两，足矣。一小把黑铁一样的干马齿苋，温水浸泡二十分钟，漂洗干净，切碎，与猪前胛同烧，下饭。

# 草头

草头，大名苜蓿，可食期只短短一周，一旦开花结籽，便柴了。每临初春，要赛跑着吃它。长三角地区的人们欢喜称它"草头"。

四五年前，去巢湖岠山岛踏春。在岛上农家乐第一次吃到草头，鲜香无比。

年年初春，合肥菜市最常见的野菜，非草头莫属，小山似的堆在摊位上。所有野菜，非重油伺候不可，草头也不例外，火候极重要。若在锅里略微多扒拉几铲，口感便僵了，嚼不碎，咽不下。

要将锅烧得起青烟，油放足，投入蒜粒，刺啦一声入草头，炝上五六秒，起锅，吃起来，脆嫩。

这玩意儿寒性凉血，一次不能食多。我有一次，将半碟草头一餐食尽，胃痛难忍。

江浙沪包邮区的人大多喜食草头。南京人最爱草头河蚌汤。

春风透迤，河流解冻，二三月的河蚌，鲜而肥，与陈年腊肉，炖一锅。起锅前，撒一把草头，解腻，清香，大约算南京人的"腌笃鲜"吧。

草头圈子，则是上海人钟爱的时令。圈子即猪直肠。据传爱穿长袍会客的杜月笙，经常光顾上海百年老店德兴馆。他最爱吃的两道菜：糟钵头、草头圈子。这两道菜的用料，均为难登大雅的食材。糟钵头，是以猪耳、猪脑、猪舌及肝肺等糟卤出的。草头圈子，则以猪直肠为佳。

两道菜，皆丰腴肥满，油多肉厚。偏偏草头圈子，添了一味鲜蔬野味。

## 香椿

作为一名香椿食客，到了春上，无椿不欢。

一直坚持两种吃法，要么凉拌，要么摊蛋饼。前一种吃法简易，滚水中略加点食盐，香椿放入焯一焯，捞起，沥干，佐以芝麻油即可,醋也无须,以免抢了它殊异的香气。

后一种吃法里另一样搭配伴侣鸡蛋,一定要选柴鸡蛋,一为颜色的绚烂,二为柴鸡蛋特有的香气,可将香椿的香气激发出另一层境界——香椿的浓紫,杂糅柴鸡蛋的金黄,颇有繁丽之妍。但凡好品相,才能刺激人食欲。

午餐时,我盛半碗米饭,独守一碟香椿蛋饼,吃至碟底朝天。唯独一个菜,无唯二之选。当然,饭毕,若再有一碗老鸭火腿冬瓜汤,这日子,更完美些。

有一年仲春,香椿一茬茬到了尾声,价格忽地降下来。起意买半斤,焯了水,挤干,分装于食品袋,速冻于冰箱。盛夏至,想起来饕餮。可惜,香味大打折扣,仙女下了凡。

春的珍贵,便在这里,没有什么时令菜可以永垂不朽超越时光的。

有一年,太和县一位朋友的妻子来庐出差,她给我带来一塑料袋香椿。这玩意儿不禁搁,据说翌日便会打蔫腐烂。朋友妻子将这些珍贵的香椿,用盐腌了。再吃,滋味大不如前,确乎可惜。

据说,太和香椿,自古为贡品,普通老百姓是享用不到的。如今,大面积种植,终于回归了它的平民气质。

# 水芹

刚来合肥定居，父母时不时来看望一下。但凡春天来，二老必带一袋干水芹。

那是我吃过的最味美的野菜。

说是有一次江边散步，一走走到弋矶山医院附近的江畔，大片湿地生长着无数野水芹……自穷乏的农业时代走过来的他们，如若遇到珍宝，找来几根绳子一根棍子，最后是抬着一担水芹回家的。焯水，晒干，便有了此等珍馐。

小时，在我的家乡，也是初春时节，河边柳树渐起鹅黄，大人们自沟渠旁寻到野水芹，小心翼翼连根拔起，移植自家水田，窄窄一畦的样子。这种水生植物繁殖力超强，约莫一周，水芹的嫩芽尖陆续钻出水田空旷处，继而葳蕤一片了。

我们并非直接掐水芹的茎叶吃，而是喜欢将手插进淤泥，捋出水芹的白根，尺把长，可生食，甜而脆。若炒熟，比茎叶更有清香气。

合肥菜场，也有水芹，高而粗壮，为大棚所培植，颇不可口。必须找那种矮而瘦的品种，这才是野生的，略掐一下，汁液横流，药香气直冲肺腑。

水芹当得起菜蔬界的林黛玉，她的气质总是与热闹人世隔了一层。吃也简单，切寸段，大火炝锅，与蒜瓣同下，一会儿便熟了，脆嫩爽滑，满嘴药香，是清口的菜。

李渔《闲情偶寄》中写："吾谓饮食之道，脍不如肉，肉不如蔬，亦以其渐近自然也。"

# 马兰头

二十世纪七十年代，我母亲每年都要喂一头猪。童年时，每临春天，我便与村里小伙伴结伴，主动担起去田畈铲猪菜的任务。一挖一篮，小河里洗得干干净净，挎回倒入猪槽。我家那头黑猪吃得大耳朵忽闪忽闪的，不时发出"嗯哼"之声。

马兰头喜湿，簇生，绿叶紫茎绵延一片，可铺满整条田埂。蹲下，小铲刀斜插泥土，略一使劲儿，整片马兰头连根而起，齐齐捏住叶子，将根上泥土甩掉。如果懒得挪身，整篮猪菜都可以是马兰头。

吾乡麦地，属沙质土壤，生有肥美硕大的荠菜，或者瘦长簇生的野蒜，均是受猪们欢迎的菜品。

唯独马兰头有一股奇异的清香，如此，我对它天生有着非一般的感情。

春来，菜园里蔬菜们疯了一样起薹，我们根本吃不过来。当时的人们哪有闲情凉拌一碗马兰头享用？你看，芫荽、茼蒿、菠菜们，再不吃它们就要集体老掉了，谁顾得上朴素的马兰头？

马兰头被拦根铲断发出的脆响以及脆响过后恣意散发的香

气，一直伴随着我的童年，直至中年，总是喜欢买一斤马兰头，坐小凳上慢慢拣出枯草老根，洗净，焯水，沥干，切碎，与香干丁同拌，佐以香醋、麻油，静静享用，一如回到童年，与我家的猪一起生活着了。

# 清明四帖

## 炒粉粑粑

二十四节气中，对于清明，我一直怀有美好感情——万物生长此时，皆清洁明净，故谓之清明。此时，地气盛极，我家门前一树一树泡桐花，紫嘟嘟地垂坠而下。

清明当日，母亲除了带我上坟以外，一向节俭的她，还会破例做一道点心犒劳我们。

那样的穷乏年月，还能拿得出什么美食？无非围着稻米打主意——将之浸泡一宿，沥干，倒入地凹，以石锤碾之，过筛箩，米粉雪一样白，细细茸茸，趁着湿气，放大铁锅中干焙，至微黄，满屋扑鼻焦香气。以开水醒粉，揉匀，搓成一条条，再揪成一个个粉剂子，备用。鸡蛋大小圆萝卜切细丝，开水中焯一下，挤干水分；春韭切寸段，用盐渍一下，挤出多余绿汁；最点睛的，加一把猪油渣。三者混合搅拌，成就一道好馅料。

大锅烧热，不用一滴油，直接将粑粑沿着锅沿贴下去。我坐灶间，听从母亲指挥，一会儿中火、小火，一会儿熄火。她不时自锅沿激点开水，刺啦一声微响，盖上锅盖，紧接着噼里啪啦一阵闷响……慢慢地，一锅粑粑炕熟。外皮焦黄，拿一个，烫得左右手来回换，吹吹呵呵，趁热咬，口腔里倏忽呈现古典乐般的复调——萝卜丝的软糯甘甜，杂糅了春韭的细腻滑嫩，拖曳着米粉的暄软焦香，令胃口大开，速速吞咽着。至今不能精准形容出油渣的至香——那种遥远的香，似被一种强壮的体格支撑着，让人难言，简直令我的嗅觉起义，风驰电掣，一往无前，不可一世。

当二十世纪七十年代末期的日子，又一次被我的味蕾唤醒，不免有着光阴偕逝的惆怅。

这种只有清明才能吃到的粑粑，屡屡出现于梦境中。午夜梦回，我确乎闻嗅到炒粉粑粑的焦香气，它一路自家乡跋涉了来——那暄软的口感，着实可慰肺腑肝肠。

童年的味蕾不仅仅拥有着强大记忆，它还能严格应对四时节序而复苏——不然，何以到了清明前夕，我总想起家乡的炒粉粑粑？

粑粑，为吾乡俗称，它的大名应叫"清明窠"。

# 清明螺

菜市里售卖的螺蛳，大多为沟沟汊汊里出产的小螺蛳，不太禁吃，要么挑出一丁点儿黑咕隆咚的肉粒子，与春韭同炒。

我曾于芜湖吃到过最美味的一种螺蛳，叫作酿田螺，亦即——清明螺。

田螺是一种生长于水田的浅水螺，大于鸽子蛋。做法颇为烦琐：用老虎钳剪去螺尾，将螺肉整颗挑出，洗净，剁碎，掺入猪肉糜，拌以葱姜粒，盐、酱油适量，打一只鸡蛋，生粉少许，顺时针搅拌。若为了口感上的韧劲，再团起肉糜重重摔打。将肉糜塞入螺壳，隔水干蒸。这边起火烧油锅，素油适量，葱姜粒煸香，放入田螺，略烩一下，收汁前勾芡，关火，上桌。

吃酿田螺，要趁热，拿一只，先将螺身覆盖的芡糊吮净，再拿一根牙签，将里面饱满的肉糜挑出。有人嘴功了得，无须借助牙签，直接吮，一吮一个准。螺肉的韧劲颇似脆骨，于口腔内发出微响，猪肉糜是软糯的，两者相遇，刚柔相济中恰如推手，一来二往中，口感繁复，滋味无尽。

每当食螺之际，已近晚春了。正值柳絮纷飞之时，人类将日子过到了一年中最为慵懒时段，所谓春懒。精神上还总是困倦，终日迷迷糊糊，又有美食可供享用，人会变得失智，不思进取。

地处江淮平原的庐州，旱地广阔，不比江南多水田，如此，是一向碰不见田螺姑娘的。我偶尔馋极，买上两斤小螺蛳，来来回回淘洗十余遍，以八角、香叶、花椒、干辣椒焖上一焖。坐在阳台，一边晒背，一边以牙签戳点肉星子出来尝尝，聊胜于无。

宋人有诗：

无花无酒过清明，兴味萧然似野僧。

昨日邻家乞新火，晓窗分与读书灯。

想食酿田螺而不得，唯有退求其次，吮吮小螺蛳，终归吃得兴味索然。

慢慢地，清明后的螺蛳，开始抱籽——若要吃它，还得等待来年。

是春风一度的珍贵。

## 鳜鱼

吾乡吃鱼，一贯循着古谚来，比如冬鲫夏鲤。到了春上，可还有什么鱼类肥美可口？

当数鳜鱼了。

连一向不沾荤腥的老和尚张志和也起了俗念："西塞山前白鹭飞，桃花流水鳜鱼肥。"仲春至晚春之间，鳜鱼口感最佳，浑身蒜瓣肉，肥美紧实。

鳜鱼，不食素。既使是养殖的，也一直喂食小鱼小虾。野生鳜鱼色浅，遍身分布黑白斑纹；养殖的鳜鱼，色呈橄榄绿，黑点不显。

有一年暮春，夜栖青阳县一座小镇，天未亮，被布谷鸟叫醒。爬起，山风盈窗。晨曦中穿过窄巷，一路摸至小镇菜场。一位老人正在地上铺一块塑料布，依次七八九十条鳜鱼、鲳鱼……刚从溪流中用沙网捕捞上的鳜鱼，周身氤氲着淡淡水汽，它们的腮一张一翕。我与老人闲话家常……不时，拎一条鳜鱼放鼻前闻嗅，一股独属于野生鱼类的清淡腥气直冲鼻腔，蛮好闻的……

这样的暮春，去不了远方小镇，为了呼应一下古诗，姑且买一条养殖鳜鱼，红烧之，起锅前，切点儿新鲜蒜薹增香，蒜瓣肉拨出，蘸着鱼卤吃，颇为下饭。

## 泥鳅面

正是草长莺飞时节，乡下开始春耕。

闲了一冬的牛，被牵到田畈，套上犁铧，耕田——大人执犁在前，我们小孩拎只小竹篮断后。泥土忽然被掀翻，冬眠的泥鳅被惊得抱头鼠窜……一块田犁完，我们大抵可以捡到一碗泥鳅。

野生泥鳅，头小，尾细，鼓鼓胖胖一身肉，遍体彤黄，杂有黑色斑点。无非红烧了，加一把干辣椒、几颗老蒜瓣。辣得小孩子直吸气，颇为下饭。

老家村口有 池塘，常年水色浑黄，也是一村鹅鸭的嬉戏之所。一年年的，鹅屎鸭屎沉积塘底，渐而发酵，淤泥尺厚。春末夏初，塘水枯竭，但见淤泥表面不时鼓起小气泡，那是泥鳅躲在泥里呼吸——双手插进气泡附近淤泥，轻轻捧起，就是一只肥胖泥鳅。

泥鳅多得一时吃不掉，可用盐腌，晒干，搁饭上干蒸，滋味殊绝。风干的泥鳅肉，韧而紧实，咸香肥腴。

二十世纪八十年代末，全家迁居小城芜湖。多年过去，如今最难忘的，当数小城美食泥鳅面。

江南河流纵横，处处活水，产出的泥鳅，殊为可口。

小城有一家泥鳅面馆，每临晚春，宾客盈门。坐落于窄巷中，大清早出摊。需排队，才吃得上。

泥鳅提前买回，清水蓄养几日，滴一点色拉油，令其吐出肠中泥沙，宰杀，洗净，佐以八角、花椒、香叶等料包稍微腌制数时，再清洗一遍，沥干水分，滚油锅内炸透，复慢慢卤煮。

一绺儿细面，滚水大锅里焯上一焯，断生后，迅速捞入漏瓢，上下颠颠，沥去水汽，搁进蓝边碗，盖五六条泥鳅，撒一撮香葱，再泼上一瓢泥鳅卤汁。

你坐好了，不要急，先贴碗沿喝一口透鲜泥鳅汤，醒醒胃，再吮几根细面，最后用筷子搛住泥鳅头部，送到嘴巴里，再用筷子拖住泥鳅尾，略微抿一抿，泥鳅肉下了肚，吐出一整根脊骨。

泥鳅经过繁杂的煎炸、卤煮程序，最末到了舌上，确乎细如宣纸了，风卷残云般，面尽，汤光。

老人们，一贯颇闲，颤颤巍巍自口袋掏出一小瓶二锅头，拧开盖子，不时抿一小口，再嘬几根细面，慢镜头一样不急不徐，生生令站在一旁等位的年轻人颇为焦灼。

这就是生活啊，有什么法子想？

# 滋味

朔风呼啸的隆冬，靠在家里暖气片上吃富平柿饼，乃人生一乐。

坐矮凳上，穿一件薄羊毛衫，直接将后背贴在暖气片上，整个人被烤得微醺，久而久之，似要盹过去，忽地一激灵，伸手拿过一只柿饼。第一口，透心凉，顺着喉咙蛇一样徐徐缓缓，如幽泉不绝，直抵胃囊，那滋味，简直绝塞孤城。

富平柿饼，口感软糯黏牙，外表覆一层白霜，果肉深咖色，内里卧一口溏心，橙黄欲滴。咬一口干瘪果肉，溏心一霎时探出头来，似要流淌，旷绝一代的甜。吃到后来，势必苦恼，还想吃第二只。柿饼性寒，胃不好的人，更要节制，一次不能贪食过多。

胃寒的人，每临冬天，几乎绝了新鲜水果，比如吃香蕉前，须放微波炉里低火"叮"十秒，不然，冷香蕉直接下肚，胃马上

荸荠

不适起来，像坠了一块巨石那么沉；苹果亦如是……水果一旦有了温度，吃起来，索然无味了，干脆放弃。但，冬天，我唯一可以吃两种水果，一为柿饼，二为荸荠。

吃生荸荠，要有耐心。去菜市寻找那种小品种的土荸荠，色泽绛红妩媚，最好看的要数每一只荸荠上生长着的尖耸芽簪，一只只摆在书桌上，水灵好看，俨然冬日清供。怎么讲呢，土荸荠的那种气质，老远一望，便姿媚跃出，自成一格，最关键是甜而无渣。每次买一斤，回家同样靠在暖气片上，拿一只小刨子，耐心地将荸荠外皮刨掉，洗净，一口一个，脆嫩多汁，咔嚓有声，仿佛雪地里走了一遭的清冽，可连食四五个。

荸荠的甜是童年的甜，朴素直接，并无深文大义，它是粗疏的家常蔬果，有着来自僻野的从容自洁。

荸荠也可熟食。削皮，切薄片，与肉片、木耳同炒，须烈火焌，临起锅前，激点儿凉水，吃起来甜脆得当，颇为下饭。倘若做鸡蛋饺、炸肉圆子，也可掺点荸荠进去，口感上有了"暄"的劲道，用吾乡方言概括——"泡呵呵的"，即酥软之意。

除了柿饼、荸荠这些冬日时令果品之外，蔬菜类的，我偏爱水芹。冬日餐桌上的三宝，应是——水芹、紫菜薹、笋。

一次，一杭州朋友微信里晒出一盘油焖冬笋。我觉着，她家的生活太过奢靡了。油焖笋，我一般春天才做的。春笋价钱适中，冬笋价昂，平素只买少许，下在排骨汤或老鸡汤里作降火用。冬笋不涩，微甜，嫩如蜜脂，一片片被老鸡汤的黄油浸透，呈现象牙白，嚼在嘴里，确乎蔼然仁者，连同冬日的寒冷一起变得雅炼庄严起来。

紫菜薹，露天种植的，最为上乘，可遇不可求。菜市里成捆运来的，悉数大棚种植，口感寡淡，水唧唧，不值得吃。要遇见当地老人用小竹篮提几把来，那才是霜雪浸透的好食材。魏晋有诗："寒风冽冽，白露朝霜。"吃紫菜薹，就是要吃这一口如露如霜的滋味。

老人仅仅种了十余株，掐一回薹来卖，要间隔很久。去菜市，也要碰巧，早了，老人没来。迟了，五六把紫菜薹，一会儿便被老饕们抢光。整个冬天，我可以幸运地吃上五六次露天紫菜薹。

紫菜薹这种蔬菜，生得漂亮，叶、秆均紫，抽紫薹，顶端黄花，开在雪地里，细淡可爱，隆隆冬日难得的奇异菜蔬。买一把，回家一物两用，可赏，可食。挑两根当插瓶，放书柜上，紫黄相间，醒目喜气，也算是灰寒日子里仅存的一点美学底蕴。

紫菜薹的粗秆部分要斜切，熟得快。同样烈火炝锅，拍几瓣老蒜，临起锅前，滴少许香醋，盛盘后，稍晾三两分钟后食用，口感犹佳。

吃水芹，于我，一定要有好心情，比如不打磕巴一气写出万字长文。但凡这个时候，就会雀跃着去到菜市，舍得买一大把水芹回来，靠在炽热的暖气片边，将无数须根仔细择干净，还真应了《诗经》的景：

> 思乐泮水，薄采其芹。
> 鲁侯戾止，言观其旂。

两千多年前的鲁国人民，也是只肯等到主公鲁侯驾到之日，才舍得去泮水之畔，采撷水芹以备大典之用的。与上古先民同声共气的我，同样也是要等到快乐充实的日子，才吃一把水芹的。

水芹是冬日最有仙气的蔬菜，堪称菜蔬界的林黛玉，脱俗出尘，药香淡淡，余韵袅袅，是荤腥之后的清口佳物。

水芹的好，在于它的气息素淡，有那么一份"天寒堪思君"的萦萦于怀。水芹适合肉丝同炒，猪肉丝次之，牛肉丝为上品配搭。

饭店大厨大约考虑水芹价昂之故，总喜欢搭几块酱油干子，大煞风景。酱油干子的粗莽，直接破坏了水芹的清淡之气，吃起来，颇为蠢笨。

囫囵炒一盘肉丝水芹，才是纸墨相得的。

# 人生一场吃吃喝喝

　　宋太宗赵光义曾问翰林学士苏易简："食品称珍，何物为最？"

　　苏易简答："物无定味，适口者珍。"

　　一碟山芋梗，便是珍馐，因为它最合我胃口。夏日餐桌上，隔三岔五，总有一碟山芋梗，价贱，却味高。将皮撕了，折寸段，热锅冷油，拍一瓣老蒜炝锅，山芋梗爆炒十余秒，凉水激，取其脆。临起锅前，少许香醋，入嘴，酸甜咸辣，百食不厌。

　　每次买茄子，将茄蒂留存冰箱，如此累积三四回，获茄蒂一小碟。每只茄蒂，拦中撕开，去除白筋，复撕成小瓣，佐以青椒、老蒜瓣，爆炒，被我视之为天下第一等美味。这也是苏易简所言的"物无定味"。

　　要说拿手菜，每位主妇均能端出几样来，只要不懒，肯动脑子。

　　　　　　　　　　　　　　　　　　小食谭记

孩子自小喜食带鱼。挑选食材，至为关键。好食材是一道菜的灵魂所系。凭多年经验，首选舟山带鱼，三四条足矣，杀好，浸泡十余分钟，去除血水，切寸段，拌以花椒、黄酒、姜丝、盐腌制半小时，让肉质紧实，冲洗干净，沥干水分，用不粘锅煎至两面焦黄。净锅，色拉油若干，入老冰糖若干，小火炒糖色，入姜片、京葱段，爆香，带鱼段入锅烩，加大量食醋，滚水没过鱼段，烈火顶开，小火慢焖……大约半个时辰，所有水分蒸发殆尽，起锅。一道拔丝带鱼功成，夹一块，金黄透明的丝，牵扯老长，久久不绝，入嘴，酸甜适口，鱼肉嚼在嘴里，韧而香滑，有卡布奇诺焦糖的芳香。

小暑前后，有一道饕餮之味——六月黄，让人痴醉，可惜，总是缺乏临幸它的机缘。愈是得不到的愈是迷狂，一直心心念念。

一日，灵感忽现。将仔姜打成姜末，包裹于纱布，挤出姜汁，备用。柴鸡蛋七八只（要舍得），只取蛋清，盐适量，加入姜汁，搅拌。热锅，冷油，倒入蛋清，文火，慢慢煎至成形，打散。临起锅前，滴少许白醋，热气腾腾上桌，孩子吃一口，发出天问：我怎么觉得好像吃到螃蟹的味道了呢？

我默默站一旁，内心"腾"的一声开了花，好比功成名就衣锦还乡。

这道"赛螃蟹"，仔姜汁起到了主宰之功。若是老姜榨汁，辣味辛烈，螃蟹肉幻觉上的那份温柔敦厚，无论如何也得不着。

唐鲁孙回忆，从前他家招聘厨师，一定考两项：一个青椒肉丝，另一个是蛋炒饭。

愈是平常饭菜，愈见一名大厨的功力。

汪曾祺美食小品，何以令人爱不释手？他烹饪的都是些平凡菜式，不过又是一位肯花功夫于厨房的人。比如他津津乐道的油条塞肉。将早餐剩下的油条，切寸段，往里塞猪肉糜，下油锅复炸，再稍稍烩一下，外焦里嫩，滋味鲜美。就为这道平常小菜，他还特地写信告诉大学同学北大著名语言学教授朱德熙，邀请别人来家做客，说，我做给你吃。孩子一样兴奋天真。

汪曾祺真是有着一颗不老诗心的人，无论为人，抑或为文，都是灵灵溶溶的，透着高邮的水汽、清气。甚或，春天的时候，他拍一碟杨花萝卜当凉菜，也那么可口。

世间烦心事，太多，唯美食可以治愈。据传，汪氏家宴有"五常"：平常、家常、正常、反常、非常。前三常，无须多言。反常，即反其道而行之，别人都是用干面皮做饺皮子，唯汪氏家宴用精瘦猪肉做饺皮子；所谓非常，即想象力、创造力丰富，比如前面提及的油条塞肉便是一例。

家人闲坐，灯火可亲。据汪曾祺子女们回忆，家里大事都由妈妈施松卿拿主意，老爷子一贯主内，练就一手烧菜本领。

写得文章的，大多烧得一手好菜，将平凡生活过得曲径通幽。最典型者，莫过于苏轼，东坡肉、蜂蜜酒，都是他发明的。纵然一只猪头，他也能烧得香糯好吃。林洪录下《山家清供》二卷，袁枚留下《随园食单》……说到底，人生不过是一场吃吃喝喝。

搁下笔墨，拿起锅铲，丁精神世界与物质世界之中随时切换。文之道，食之道，相通相融。一碗汪曾祺童年的咸菜慈姑汤，便可将二者贯通起来。

有一句唐诗："种瓜黄台下，瓜熟子离离。"

若哪天出了大太阳，我一定做一道西瓜饭，再拍一碟黄瓜，加点儿海米，一边听蝉声，一边饮半盏红酒。

此时无一盏，何以叙平生？

近段，母亲居我家。每天起早（反正睡不着）赶去菜市买好菜，丢给她，择择，洗洗，切切，我可以心无旁骛于电脑前鏖战。差不多11点，起身，由我掌勺。有时，一写，忘了时间。母亲不像父亲，来我家做客，偶尔给你插次电饭煲都要抱怨一声：要不是我插电，你连饭都没得吃哦！许多次，到点了，母亲见我没有离开电脑的意思，默默去厨房，将几个菜依次烀熟。孩子有一天终于说一句：好久没吃到我妈妈做的菜了。意谓，外婆做的菜不太可口。

一日上午，准备不开电脑写作，专门为一老一小做一道红烧肉。

几日不问肉价，黑猪肉已涨至35元每斤。合肥土著的红烧肉里，喜欢加入煮熟的鸡蛋或鹌鹑蛋。我照做：将鹌鹑蛋煮熟，去壳。肉焯水，葱、姜、八角、山楂若干，文火焙出油，酱油上色，炒至差不多时，移至砂锅慢炖。不及半小时，我母亲坐不住了，执意要去放盐，她嘴里说是一勺盐，待一尝，至少三勺。无奈之下，放一块冰糖、白豆干进去补救，勉强可食。孩子吃得唉声叹气，好遗憾。与罹患高血压的母亲历数食咸之坏处，从来不听。孩子评价外婆，固执又愚昧。

我母亲在妹妹家亦如是，屡屡跑去厨房指导四川阿姨烧菜。我们姐弟仨吃她烀出的咸得要死的菜，吃了近三十年，苦不堪言。常常教她炒菜要诀，无非火大，炒菜大火炝，瞬间致熟，口感才好，以及锅一定要烧热，才能放菜。从来不听。一次，红烧肉盛起，她不许我洗锅，直接炒叶类菜，说是不要浪费锅内余油。一次，我正炒叶类菜，她跑来教导：锅盖盖一下，免得营养跑掉了。

唯有哀叹。

一道红烧肉，本来是可以为平凡日子镶一道金边的，由于我母亲是孙猴子派来的捣蛋智多星，那三勺盐的加入，令珍馐变成了平庸之食。一家人皆不尽兴。

算了，不写了。

# 姜帖

久雨乍晴，初闻第一声蝉鸣。小小昆虫们，向来守信，与节气配合得天衣无缝。每年这个时节，总爱做一道夏令菜——姜爆鸭。这道菜里，姜，是当仁不让的主角。鸭子，需一年生仔鸭，肉嫩。

姜，全国各地均有，本不稀奇。但皖地铜陵天门镇出产的姜，才当得起姜界头牌。姜爆鸭的首席食材，便是来自这天门镇的仔姜。

铜陵天门镇盛产的姜，学名"白姜"。顾名思义，色白如玉。在它的一生中，无论青春年少，抑或老来年迈，均是温润如玉的气质。天门镇白姜，历史悠久，清朝时，为特供抢手货。色白无渣，多汁，口感赛梨，但比梨高格，辛而不烈，香而不辣。

在菜场，未遇见品相好的整鸭，退求其次，买了几只鸭腿，切小块，焯水另存。这道菜的灵魂主打——仔姜，要舍得放。洗净，以指甲轻轻刮去外皮，顶端紫色姜芽，留着，斜切薄片。我比较奢靡地切了半斤之多，满手余香。油锅滚烟，下四川大红袍花椒、八角，炒至香味出，撇去花椒、八角，留其余味即可。入鸭块爆炒，黄酒去腥，老抽上色，铺上仔姜片，滚水没过鸭肉为宜。若再讲究点，可移至砂锅，小火慢炖。

仔姜片吸饱肉汁，入嘴酥脆，渣滓全无，于口腔中迸发微香，嚼至末了，有一丝袅袅的甜。这样的甜，如若文章诗眼，光芒夺目。鸭肉亦可口，浸润了姜的芳香，肥而不腻。以姜汁泡饭，一绝——稻米的香，是谷物纯粹的香。姜汁的香，于鸭肉的丰腴里滚过千遍万遍，慢慢被同化，杂糅一份动物脂肪的膏香，泡在米饭中，润而闪亮，一口一口，最难将息——蝉在门前洋槐上嘶鸣，屋内低头吃饭的人一头细汗，是被嫩姜催生而出的汗。这些汗，何尝不是夜夜吹空调的寒气呢？

民间谚语：冬食萝卜夏吃姜，不劳大夫开药方。每年，漫长的夏日早餐桌上，总有一盏姜。喜好糖醋口，一样来自铜陵天门镇。姜芽腌制，分甜咸两种。芽姜小指般粗细，寸许，以白醋、绵砂糖、蜂蜜腌制而成。自大玻璃瓶里，夹一些到碟盏里，腌好后的糖醋姜芽色泽如玉，琥珀一样温润，最销魂，入嘴刹那，姜汁崩裂，如含花洒，香、甜、脆、嫩，余韵里悠荡着一丝丝微辣。这一点辣，将天灵盖都冲开，整个人一扫萎靡之气，一下精神起来了。吹一夜空调，浑身疲软，胃口难开，一碗白粥的寡淡，仰仗的就是这几片糖醋姜来提携。末了，照旧吃出一头细汗。

# 白姜

姜比之口香糖，更有清洁口气之用。早餐吃几片姜，整个上午，口腔内均保留着那种植物的辛香之气，犹如香水前调，似有若无，也像缥缈歌声，隔着河水薄雾飘过来。

除了姜爆鸭，同样可做姜爆鸡、姜爆虾。鸡是仔鸡，肉嫩，腥味轻。这道菜，最好加一把东北滑菇，口感上，有了三个层次。姜的头牌位置不变，鸡肉的香里添了一层滑菇的粉嫩，姜、鸡肉、东北滑菇作为实力主演。这道菜，无论怎样烧，也不会差。

仔姜牛肉丝，也是盛夏一道下饭菜。牛肉、仔姜各半。牛肉，顺着纹路切成细丝，浸泡水中五六分钟，滤出血水，佐以藕粉抓匀，备用。仔姜，切丝，备用。以猪油烹之，最是适宜。用猪油滑出的牛肉丝，口感嫩而不柴。世间种种，都是一物降一物。色拉油炒出的牛肉丝，口感上总是不太让人满意，柴而老，嚼不动。等猪油融化，六七成油温时，倒入牛肉丝焰锅，盛起。锅底留余油，爆姜丝，再烩入牛肉丝，爆炒十几秒，则成。喜好重口的，临起锅前，撒一点孜然粉。

姜爆鸭是一道温性菜，姜爆牛肉丝则是一道热性菜。夏日肝火盛，姜爆牛肉丝食罢，再喝一碗丝瓜鸭蛋汤，顺便清了火气。

姜，除了充当熟菜类不可或缺的食材，还可做姜糖片，当零食。仔姜片、绵砂糖若干，适量水熬煮，大火滚开，改小火，顺时针搅拌，不要急，如同熬甘蔗汁一样，待水分蒸发，绵砂糖的精魂一起融入姜片中。顿时，姜片起了一层白霜，入嘴，薄脆鲜甜，姜之余韵袅袅，盛于玻璃罐密封，冷藏于冰箱，随食随取。

白居易有一首《招韬光禅师》，堪称经典：


白屋炊香饭，荤膻不入家。

滤泉澄葛粉，洗手摘藤花。

青芥除黄叶，红姜带紫芽。

命师相伴食，斋罢一瓯茶。


简直是一首养生诗：用烧开的泉水冲泡葛粉吃。洗手摘藤花，应是晚春了。紫藤一向开在晚春，藤花一样入馔，或蒸，或炒。最喜"青芥除黄叶，红姜带紫芽"，时令转到夏日，有浓烈的色彩感。青芥，大抵是北方人所言的"春不老"吧，成熟于晚春初夏之间。日子是一寸一寸过下来的，转眼，已然仲夏，便是食姜时节，所以，才有"红姜带紫芽"。这样的紫芽姜，摆在那里，水灵灵的，像不像美人指？纤长，白嫩，指尖泛紫，朝它吹一口气，可以淌出水来。

深山之中，早餐喝一碗葛粉糊，中餐有春不老、紫芽姜可食。饭后，一壶瓯茶，快活似神仙。一个"仙"字，可解为，居在山边之人。所有古寺，皆居深山之中，禅师何曾不是仙人？

白居易的长寿，与他的养生不无关系，不比韩愈，同样追求长生不老，比较奇崛地以硫黄喂食小鸡雏，隔天吃一只，结果中毒太深，英年早逝。

白居易在《思旧》里叹息韩愈：

再思今何在，零落归下泉。

退之服硫黄，一病讫不痊。

到诗最后一句，亮出主张："且进杯中物，其余皆付天。"这正体现着白居易的无为思想。这里的"天"，当指自然规律。韩愈以硫黄喂食小鸡雏的行为，则是反常识的为所欲为了。

我们何不学学禅师们，喝喝葛粉，吃吃紫芽姜呢？应时而食，顺应节令，方为根本。

# 立夏书

买一斤黄鳝，一条条横于砧板，以刀柄敲扁，血水横飞，放水槽清洗时，不经意抬头，对面同事家的蔷薇花墙直扑眼帘。花期繁盛，如梦如幻，在心里满足地叹口气，一日三餐的苦役，似也变成短暂享受。

每当蔷薇花开之季，便是立夏之时。"夏"，为"大"之意，即植物们都长大了。风吹在脸上，不比春风那么柔嫩，而是暖融融的了，是孩子的小手在你脸上摩挲，久之，一点点微温。初夏的阳光纯白闪亮，稍微有些晃眼，需要眯眼观察周围一切，是迷离的，令人醺醺然，又惚惚然。

天气不冷不热，做什么事情，都有珍惜的意思在里面。

我家门前李树上缀满星辰一样繁密的小果子，它们一日日见风长，已然橄榄般大小。清早，送孩子上学，经过树下，我们一大一小同时抬头仰望，并发出由衷的赞叹——好神奇啊。这成百上千颗小李子一日日饱满，一种酸于舌上肆意翻涌，禁不住咽一下唾液。

菜市里，合肥本地豌豆上市，堆得小山似的，豆荚青中泛黄。买一斤，回家剥米；糯米泡了整整一宿，手捏一粒，轻捻，化为齑粉；腊肉，切丁备用。素油入锅，将腊肉丁煸香，依次放豌豆、糯米，炒至香味出，加滚水少许，小火慢焖。

立夏时节，岂能不吃一碗腊肉豌豆糯米饭呢？每年都做，仿佛迎接初夏到来的一个仪式。生活一贯枯燥乏味，何不来点浑朴的仪式感，以示珍重？若在乡下更好，大灶烹出的糯米饭，锅底结一层黄灿灿油锅巴，嚼之，嘣脆香甜，无与伦比。

说到仪式感，民间素有立夏尝三鲜说法。三鲜分为：地三鲜、树三鲜、水三鲜。地三鲜即蚕豆、苋菜、黄瓜；树三鲜：樱桃、枇杷、杏子；水三鲜：螺蛳、河豚、鲥鱼。

蚕豆陆续上市，不太饱满，但多汁，吃的就是这种嫩。直接剥出，不要剥皮，加蒜瓣、葱段爆炒，起锅前，略微撒点盐即可。吃这样的嫩蚕豆，无须咀嚼，要抿——舌尖抵住上腭，轻压，豆仁即出，豆皮被吐掉，吃的是那份鲜香甜糯；再过十余日，蚕豆渐老，可以做汤来吃。豆壳剥掉，素油爆炒，加滚水，再氽一二鸭蛋花。立夏后，自然界中阳气升腾，熏风一日浓似一日，蚕豆鸭蛋汤，祛火。

日子如河，一路顺流而下，多少立夏，都是这么充满感情地过下来的。

合肥菜市，普遍红叶苋，口味寡淡，少了一层韵味。吾乡的青叶苋，最可口，我们俗称为芝麻苋，叶子酷似芝麻叶，尖而瘦。老家还有一句顺口溜：苋菜不要油，只要三把揉。洗苋菜是有讲究的，揉出绿汁，口感甚好。现在是油水过盛年代，尽管每餐油水足，但揉过的苋菜确乎比不曾揉过的口感佳。

民间几千年总结出的经验，向来不虚。

至于黄瓜，挑顶花枯萎，一副憨厚模样的，口感必定好些，不曾过多地使用激素。长得过分漂亮的菜，似乎不太可口。露天种植的瓜菜自由生长，不可能长成千篇一律的流水线模样。人，亦如是——性格有缺陷，待人接物稍微别扭些的，或不失赤子之心，到底是个天然人。另一些活至智能机器人的，几同大棚菜，貌似无破绽，逢人杀人，见佛杀佛，没有了人的活气。

吃了地三鲜，树三鲜差不多成熟了。樱桃、枇杷不仅好吃，也宜入画。有一年秋，《嘉兴日报》许金艳女史赠我一只布包，丰子恺先生女儿丰一吟授权印制的。包上一幅丰子恺先生的画：十七粒樱桃，配一只蓝边粗碗，碗里堆了十二枚豌豆荚，一只红蜻蜓围着蓝边碗翩翩飞。题款为丰一吟女士所写：樱桃豌豆分儿女，草草春风又一年。左右各钦一个章。

背这只包上下班，朴素又美气。转眼樱桃上市，想起来把这只包自衣柜翻出，又可以背一整个夏天了。

对于水三鲜，内地人不是太能享用到。河豚嘛，必须去苏浙吃。

前阵起意，独自前往扬州看琼花……踌躇几日，终于没去成。看琼花，属于精神层面的需求。实则，是想去吃一碗刀鱼馄饨。听说，扬州、江阴等地刀鱼馄饨风味鲜美。如今，琼花也谢了，刀鱼的刺变硬，不再可口。或可去一趟苏杭，喝一碗莼菜羹，顺便点一盘红烧河豚？实则，河豚并非对我的味蕾，也就吃个仪式感吧。至于鲥鱼，刺太多了，一个急性子，是不适宜吃鲥鱼的。

初夏，是用来给人过平淡日子的。但这么好的日子，叫人怎能忍住不抒情？

凌晨，早醒，樟花香气一波一波往家涌，颇有凉意，爬起关窗。闭合窗帘的刹那，嗬！半轮明月正在樟树梢上。湿气重，是毛毛月，是隔了磨砂玻璃透出的粼粼清晖。天是青色的天，不见一粒星子，唯有微风荡漾。宇宙万物，万古静谧而美丽，当真值得人于凌晨抒个情。失眠，算得了什么？翌日，又是一个囫囵人。

雨后的夜，小区散步，一直为缈缈香气所笼罩——樟花微小洁白，郁郁累累。一种形容不出的香，甜丝丝的、细淡、幽密，忽远，忽近，一直默默无言跟着你，陪伴你……

此刻，我都会劝自己：一定好好生活啊。

# 小城风物

假期，回小城芜湖探望双亲。歇一夜，即回。

普洛克勒斯有云："人生不过是家居，出门，回家。"

每次离芜，车开至北京路，总是饿意汹涌，不得不拐至申元街，吃一碗麻辣烫。一次次，余情未了，不曾爽约。

将车泊于小街树荫下，顶着午后三十七摄氏度的高温，一脚踏上小食店台阶，一股熟悉的香气接客似的迎了来，味蕾重新复苏，瞬间与少年时的气息精准对接上，咽口唾液。

麻辣烫，处处皆有，何以芜湖的如此可口？

要了些素菜，无非西兰花、生菜、冬瓜、绿豆芽、莲藕……老板娘一样样放在铁质网状漏斗容器里，浸入滚汤中。微辣，便好。

精髓大抵在店家精心熬制的那盆辣油里。每一小店，皆有独家秘方。

将所有蔬菜吃完，仿佛酒至正酣意犹未尽，我与孩子同时把碗捧起，各自咕噜咕噜喝起汤来。末了，孩子见我碗底尚剩一口，又端起一饮而尽。完了又不好意思，几乎自语：老板肯定嘲笑我们太馋了。

我们还带了三只小仔鸡回庐。外公顺便买了几斤大青豆，一元五角一斤。合肥同类品种，四五元一斤。两地物价，差之殊异。

翌日，一道小仔鸡红烧豆米，上了餐桌。

合芜两地，仅隔百余公里，食材滋味却天壤之别。合肥当地仔鸡，肉质松散，腥气颇重。芜湖小鸡，遍身黄油，肉质韧而不柴，洋溢着童年的香气。

在芜湖，早晨六点即起，喜欢逛一逛露天早市。河流润泽之地，水产品目不暇接。螃蟹遍地，黄鳝满桶。

时已深秋，依然有河蚌卖。瓦黑色，扁平肥美，蚌身遍布幽光，一只只，静静躺在地上吐水。河蚌肉炖出的汤，似牛乳，润秋燥，不输老鸭汤。

简直可逛一两小时。

喜欢蹲在晨光里，看人剥红菱。绯红色菱角，水淋淋的堆满一盆。望之，有人世的热闹。以刀斩一豁口，复用手轻揭，白米囫囵而出。大多由饭店批量采买，称好重，放在摊位上，再去采买其余食材。不大一会儿，转头折回，菱角米早已被剥好。菱角壳堆在一旁，仿佛天上云霞落了地，绯红一片，煞是好看。

江南的菱角米，比之合肥的，甜度、脆度上，都不在一个档次。

北方菱，大多长于死水塘，颜色暗红，不甚美观。江南菱多出自活水河流。是流水的清澈，滋养出的一种富于光泽的绯红。这种红，仿佛跳动着的，脱于庸常，富于诗意，像极松尾芭蕉俳句，也仿佛跳动着的一粒粒音符，随时可以起飞。

遍街黄鳝、鳜鱼、鮰鱼、鲫鱼、黑鱼，大小不等，自成色上判断，多为野生。虽说斩杀黄鳝血肉模糊，颇为血腥，我还是喜欢远远站着观赏。

一块长木板顶端，按一铁钉。捉住黄鳝，将它的头往斜靠的木板上甩掼，使之晕厥，将鳃部固定于铁钉，以小刀片顺着头部滑动而下，顺势抠出内脏。有人吃得讲究，需脱骨，更是个细活儿了。

我像个无所事事的人，穿梭于新鲜的茼蒿、扁豆、鸡毛菜中，自菜市这头到那头，蔬菜的清气，杂糅了鱼虾的腥气，于鼻腔中彼此纠缠……晨曦笼住这热闹人世，让人忘忧。

日上三竿，颇有饿意。去一小店，要了小份籼饭，饭头上盖三四片粉蒸肉，一筷头千张，再浇几勺乌黑透鲜的酱汁，与甜浆或咸豆脑搭配吃，甚佳。

若是早春三月三前后，还可吃到乌饭。以南烛树嫩叶揉出的汁液，浸泡糯米而成。

在合肥，不曾吃过如此松软喷香的糯米饭。偶尔馋了买一份，非硬即夹生，还要自作聪明掺些黑米，变成假的乌饭，如含沙砾，难以下咽。

芜湖糯米，蒸在木甑里，一粒粒晶莹剔透，一律精选出的囫囵米。合肥当地的糯米，小而短，也不太粢，无非包些咸豆角、榨菜片、土豆丝、辣椒丝之类。有一同事，作为合肥土著的她，也总是抱怨"合肥"：要美食没美食，要玩的没玩的，实在没什么存在感。同事每月外出一趟，吃遍祖国各地。

不必提小城的烧麦、小笼包、水煎包、小刀面、煮干丝了。南方人精细，仅仅一道面，也有各种浇头，大肠面、雪菜肉丝面、大排面、牛肉面不等。

每当秋风起，蔺草成熟，螃蟹上市。蔺草割下，晒几日杀青，浸泡水中，使之柔软。一根蔺草，丈余长，上绕下绕把螃蟹上了一道紧箍咒。扎好的螃蟹，在蔺草芳香的加持下，毫无腥气。

蔺草是否只肯生长于江南的河流湿地？要不，合肥菜市的螃蟹，只有塑料绳、粗线绳伺候呢？

芜湖吉和街菜市一路之隔，门面房无数。一早，家家开了门，妇女们三五成群，坐在矮凳上，勤奋地绑着螃蟹……一捆捆蔺草的香气，氤氲着整个清晨，惹人流连不去。去年，网购一张蔺草席，披沥两个夏日的汗液，至今香气袅绕。

露天早市，七点半收摊。当城管一遍遍来来回回催促摊主时，许多当地老饕掐准时辰赶来杀价，总能买到合意的鱼虾鳝蟹。他们闲庭信步，偶尔驻足于一兜螃蟹前，柔声叩问：这"海子"怎卖啊？摊主面对城管逡巡来去的严峻局面，急得一头汗，还又总想多做一笔生意，唯有忍痛割爱了。

别人假期饱览祖国大好山川，我的假期，就逛了一趟小城菜市。

# 秋味

秋天是跟着风一起来到的。

日子终于不同以往了。夏天的菜，基本在门口私人超市随便拎几样对付。到了秋天，一定要把生活好好过起来。

早晨趁着微凉的风，去大菜市。逡巡于各摊位，板栗上市了，眼睛为之一亮。

栗子，是这个季节当仁不让的第一道秋味。一个个，红褐色外皮，鼓涨圆润。手插进小山似的栗堆中，捞一把，冰凉，瓷实，滑腻，像极沉甸甸的秋天。

如此，每周菜单上，栗子烧鸡必不可少。

所谓，栗子一出，秋天坐实。

去除栗子外壳、内皮，颇为烦琐，急不得，要有耐心。用菜刀尖，以巧劲儿，将栗子分别斩一小豁口，沸水煮开，关火，趁热一粒粒捞出，再用菜刀尖，沿着原来的豁口撬进去，在砧板上轻叩，壳、皮皆尽。小仔鸡斩成小块，一勺盐腌制（使肉有韧劲）二十分钟后，冲去血水，备用。

五花肉半斤，切片，煸香，生姜、八角、鸡块同下，炒至水干，盐、老抽适量，滚水没过鸡块，改中火，二十分钟后，加入栗子同焖。临起锅前，大火收汁。

秋天的餐桌上，若有这道家常菜，小孩势必多添半碗米饭。这道菜的精华在于栗子。栗子的甜糯里，融进五花肉的润以及鸡肉的香，所谓素菜荤烧，滋味殊异。最先吃完的，总是栗子。除了与小仔鸡携手，栗子更适合与猪小排联袂。做成甜口，最为适宜。

肋排两根，斩至二三厘米长，焯水备用。小火冷油，将冰糖块慢慢炒至焦糖色，改中火，小排入锅，醋、盐、老抽适量，炒透，加滚水，没过小排，改中火慢炖，差不多时，加入栗子同煮。待肉烂栗熟，大火收汁。这道菜好在它的甜与润，栗子将小排的油悉数吸尽，婉转于舌上，如奶酪一样的清新鲜润。这道菜，无论热食，抑或冷盘，一样抓人胃口。

除了入菜，糖炒栗子才是秋日永恒零食。

黄昏，出门散步。斜阳欲坠了，玫瑰色云朵于天上堆起巨大城堡。路灯下，拐角处，忽然一口大铁锅现身，炉里燃烧的依然是古老的蜂窝煤。老人持一铁铲，金黄的板栗随着黑砂肆意翻滚，如浪如涛……整个黄昏被栗子的香气氤氲着了，让人不得不停驻。买一纸袋，趁热剥一粒，丢进嘴巴里，甜、糯、香，细浪般一层一层递进……暮晚的风荡漾着，颇有凉意，像一双双婴儿的手，轻轻抚摸于裸露的胳膊、脚踝。小径两旁的青草，纷纷将露珠举过头顶，这样的玲珑剔透，是珍珠，也是璎珞——秋风徐徐中，携手一袋糖炒栗子散步，世间一切，都是可珍可爱的。

处暑临近，菱角已老，外皮自殷红变成深褐。口感最佳的，要数四只角的老菱。但凡遇上，必买三两斤。回家坐小凳上，怀着极大耐心，剥壳。用菜刀斩一小口，再用刀尖一抵，暗使巧劲，刀尖轻撇，使劲一掰，一只囫囵的菱角米横空出世。一两个时辰过去，鹅黄的菱角米堆在白瓷碟里，玉一样温润，仿佛久久盘过的念珠，起了包浆，微光闪闪。分装食品袋，冷藏，随食随取。若是晚餐，煮一锅菱角粥。中餐，可做糯米菱角饭。

糯米浸泡四五小时。若冰箱尚存一块咸肉，势必锦上添花。

咸肉切丁，煸出油花，入糯米炒之，待焦香味出，加菱角米，复炒几番，适量开水，中小火焖煮。临起锅前，撒一撮香葱粒。

糯米菱角饭的精华，凸显于锅底金黄香脆的锅巴上。这一块杂糅了米香、肉香、菱角香的锅巴，适合徒手抓一小块，坐在阳台的秋风里，慢慢品——咔嚓咔嚓的巨响里，一颗心兀自沉下来。

人类置身酷夏，不免有漂泊不定的流寓之感，精神上一直是游离状态，困于颓靡的负面情绪里无以自拔。比如我这一身躁气，终于在一块糯米菱角饭的锅巴前荡然无存了。随之，童年的小河、野塘、秋风，逐一来到目前——我们把牛抛于绵延的圩埂，卷起裤脚，下到野塘口，躬身掀开一盘盘菱角菜，摘些老菱角，藏于裤子荷包里。菱是野菱，外皮泛青，四菱尖刺细而长，戳得外腿生疼。正是始终如一的秋天，长风细细，自遥远的地方吹来。

坐在秋风里，将野菱一只只以门牙叩开，雪白的浆汁汩汩而出，濡湿衣襟。野菱的甜，是钝甜，不比红菱那么鲜甜，聊胜于无吧。

回旋往复的记忆，额外加快了岁月的嬗递轮回。二十世纪八十年代重新复活，童年被我活过两遍。

东北的作家朋友山长水迢寄来二十斤大米，方方正正，仔仔细细放在十只绿茵茵的盒子里，如若贡品的肃穆庄严。这珍贵的稻米生长于火山口周边田地，土壤内含有若干矿物质，一粒粒，粉粉糯糯，晶莹剔透，散发着奇异的香气。朋友是夏天寄的，我一直舍不得吃它们。

终于，秋天来到，何不用这大米配老菱角熬粥？

大米、菱角米一同下锅，大火烧开，熄火，焖二十分钟，复大火猛攻。拿一只木勺，耐心站在灶边，顺时针搅拌着。这一锅由白变紫的粥，慢慢地，浮上一层粥油，再改小火，慢慢舔舐着它，最后终于达到水米交融之境。

盛一碗，略凉，不稀不稠，茸茸一片，入口微甜，涵容着东北山水孕育的米香气，就一片咸鸭蛋，一饮而尽了。

不知是秋风的微凉，抑或是一碗菱角粥的素净，让出门散步的人格外宁静。这样的秋天，真是让人爱啊。

# 菜蔬帖

　　春天，一年中最好的日子，处处新红破蕊，嫩绿抽芽，一树一树的海棠、山樱、红叶李，犹如隔世繁华，令人恍兮惚兮，顺逆一视，欣戚两忘。

　　春日菜市，成为唯一的快乐源泉。独属春天的菜系陆续上市：马兰头、枸杞头、香椿芽、河蚌、田螺、雷笋、扬花小萝卜、野水芹……一齐摆在路边。早晨将孩子送至学校，转头去菜市，拎着袋子，目光游离，慢慢逛，从这头至那头。头茬香椿芽，岂能不买？芽头嫩紫，香气馥郁，择好，滚水焯一遍，切碎粒，与蛋液搅拌，摊蛋饼。要选用柴鸡蛋，洋鸡蛋腥气重，势必破了香椿芽的功。每次也不多，摊一小碗，略咸点，下饭。

　　打理春天的野菜，需要耐心，急不来。马兰头买回，坐矮凳上，一株一株拣择，去除黄叶、枯草梗。处理完一小碟的分量，需半个时辰——这都不是事。洗净，沸水中焯一下，去除野菜的苦汁，凉透，切碎，以香醋、麻油拌匀，撒点熟芝麻，风味尤佳。干马兰头，别有风味，若有足够时间，又恰逢晴日，买十斤，焯水后，曝晒。干马兰头色呈淡绿，清气中混合着药香气，孤标特立，令人难忘，与猪前胛同烧，宛若珍馐。

新鲜荠菜亦可如法炮制，滋味一等一……

每每春来，北纬35度地区，总是阴天多，缺乏晒制干菜的机会，颇为无趣。

马齿苋

一日清晨，拎一块土猪肉，于菜市转来绕去，十分苦恼，想给这块好肉找一样一同下锅的最佳搭档，西葫芦，看不上；蒜薹，太平庸；茄子，不值一提……想着可能找到一种土菜呢，总不如意，几欲心灰意冷之时，一转眼，菜市拐角处，蹲着一位老人，她面前摆着一小堆干马齿苋，乌漆麻黑的。称二两，回家一遍遍漂洗，泥沙淘尽，荤素二者搭配着，一起红烧了，香气遍布所有房间。黑炭一样的肉块时隐时现于马齿苋里，望之，食欲大增。

独自一人独享着一顿丰盛午餐：香椿芽摊蛋饼，土猪肉红烧干马齿苋。饭毕，喝一碗蹄髈汤，鲜美无匹。吃罢，望望窗外，新柳垂碧，十里笼烟——这就是生活啊，何必时时追问生之意义？活着不过是一日三餐。

春天里，自然界的阳气抬升，人的胃口极差，总是额外贪恋辣味。买一斤带根黄豆芽，同样坐小凳上，耐心地把豆芽根掐去——并非穷讲究，而是豆芽根与豆芽秆同长，咀嚼起来，口感缠绕邋遢，必须掐掉。小米辣炝锅，再放姜蒜粒，煸香，下豆芽爆炒，最好加点肉丝同烀，吃起来爽口，肉丝的韧劲，合着豆芽的脆劲，一齐于口腔迸发。

有天早晨，在早市碰见董铺水库的鳜鱼，一条大约十余斤，鱼老板切成一块一块售卖。挑了一块中段，提回家。锅底一丢丢素油，略微煎一煎，加一瓢水，猛火攻开，汤汁洁白如牛乳，不忍放酱油破坏，直接白灿灿上桌。鱼汤的鲜，没有什么外物可去比拟，孤标独高。

张志和有诗："西塞山前白鹭飞，桃花流水鳜鱼肥。"着实不虚，桃花灼灼之时，鳜鱼口感最佳。所谓不时不食，吃东西也要按照四季的秩序来。

这样的春日，也是长江四鲜上市之际，这座杵在江淮之间的菜市几乎不见刀鱼的影子。朋友圈里有人晒出江阴的刀鱼馄饨，让我的一颗心鸽子一样扑棱棱地飞。而小城芜湖的糖醋刀鱼，一直留在味蕾的记忆里永垂不朽。

同事嗜鱼，隔三岔五开车去巢湖边，采购刚出水的湖鲜。听她讲，有时还可碰见湖鳗。她经常买些胖头鱼、鲫鱼、鳜鱼什么的。能吃上野生鱼，实属不易。一次，叫她代买一条湖鲇，斤把重。为着这条鲇鱼，我特地去菜市买回大灶豆腐，一起炖了，到底还原出童年滋味。

什么是"童年滋味"？现在的孩子们怕无法体会，他们自一出生，吃到的便是抗生素、激素催肥的鱼虾鳖鳝，只有我们的童年真正享受到了野味口福。尤其那些杂鱼，乍出水，遍布一股好闻的淡淡腥气，烹饪时无须加任何调料——菜籽油里略微煎煎，加水焖煮即成，嗜辣的，加点儿水辣椒，吃起来，鲜天鲜地。小时总听大人唠叨：一餐鱼搭掉一仓稻。意即，鱼太好吃了，叫人情不自禁多盛几碗饭。早年的乡下，油水寡薄，无论成人，抑或小孩，胃囊都大，特别能吃饭，不比如今，人的肚肠脏腑里均被白花花的肥脂膏肪填满，一餐一两饭还要剩下一口。

　　偶尔吃点野味，无论荤素，也是一种快乐。这样的日子，是一棵树，也是一枝花，静静长在春天。

# 不如治馔

每临夏至,去菜市,便盼着能遇见那位老人。

与他打交道五六年矣。他是一位老派人,活在旧时光里,停留于二十世纪九十年代的手工业者,信奉"不时不食"古训。

老人种出的玉米,口碑甚佳,俘获了许多人味蕾。这品种的玉米,成熟于夏至时节。

一天早晨,去菜市,老远看见老人骑来的三轮车,心里倏忽亮堂一下。

那些小巧玲珑的玉米,被装在一只只白色蛇皮袋中。当老人倒拎袋底倾囊而出,一股玉米特有的香气洋溢开来,沁人心脾。这种气息是粉嫩初生的香气,娇滴滴的,宛如露珠,一碰即落。玉米的绿色外壳已被老人提前剥去,只剩一层象牙白薄衣,顶端一缕儿黄穗子……

如此美丽的玉米,当真一年一遇。蹲在地上,挑了六七穗,小而饱满，一拃长模样，偶或不小心碰破了顶端玉米粒，白浆汨汨。

除了玉米，他带来的都是自己种植的蔬菜——豇豆、黄瓜、丝瓜、空心菜、青椒、板栗南瓜、西瓜……一股脑儿摊在地上，任人挑选。

勤恳的他五点到了城里，我是六点去往菜市的。

蹲在露天的街铺边缘，挑挑捡捡中，被凌晨的凉风吹着，仿佛置身遥远小镇，一霎时起了恍惚，心上有远意……

买完玉米，挑了一把豇豆。且纠结道：想多买点存放冰箱，又怕影响口感。他听见了，便劝：你就买一顿吃的，我后天还来。

一样一样，他将我挑好的蔬菜，称好，末了，额外抓两大把辣椒塞进我的袋子，足有半斤。

他如此慷慨，弄得我颇不好意思，仿佛占了天大的便宜。不行！又一次蹲下，挑一个板栗南瓜，剩下的两根丝瓜眼看着又被别人抢在了手上。他边称边自豪：这种瓜面得噎死人！

嗯，我就欢喜噎死人的南瓜。

中国城里孩子一向不太爱食蔬菜，但今天午餐的一盘豇豆，孩子频频举箸。世间所有无以形容的美味，皆为童年滋味。凡有机肥、露天种植出的蔬菜，也像一个写作上趋真的人，一定是可口珍馐。

一点点实践来的厨房小常识：用刀切出的空心菜，不仅易泛黑，也不太可口，适合手撕。将老叶择去，囫囵洗净，再一根根捏碎掐断，配三两个青红椒、几颗蒜瓣，热锅里稍微跳一跳，爽脆，劲道，下饭。

梅雨季闷热，人类向来脾胃不调，尤甚食欲，但桌上只要有几盘有机蔬菜，胃口一定差不到哪里去。

前天，买回一只小仔鸡，两天四顿，不曾吃完，屡屡劝着孩子吃下两只鸡腿。激素催大的家禽，早已失了风味，确乎缺乏二十世纪九十年代小鸡的香气。

半上午时，蒸几根玉米，一会儿工夫，糯香随着热气的扑腾，趁着被顶开的锅盖，阵阵扑鼻来。

纵然不饿，也要品尝一根。一口啃下去，是复合的层次：糯、香、甜。糯，并非那种噎人的糯，只淡淡地黏牙；甜，是最慰藉人的，并非市面上水果玉米那种傻甜，而是蜜一样绵长，有意蕴的，甜音袅袅，大约自味觉上升到了听觉，是大提琴拉出的回旋往复的甜。这样的甜糯，摄人心魄。一向自律的我，啃完一根，又去锅里掰了半根……正在书房埋首写作业的孩子听出动静，咕噜一句：妈妈，你又吃一根了吗？

是啊，太好吃了！

那你给我啃一口吧。

坐在客厅小凳上，认认真真，嚼着玉米，偶尔落下一两粒于手掌，也会舔食干净。

一个认真吃着玉米的人，确乎是爱惜粮食的人，似也吃出了生活的宁静，对于这波澜不惊的庸常日子，倍感珍惜。

一日清晨，逡巡于另一菜市，遇见两位主妇结伴买菜，其中一位打听雪花藕价格，摊主不动声色：十三元一斤。二位许是觉出了贵，沉默着离开了。其中一位边走边自语：六月花下藕。

　　望着她消失于人群的背影，好一阵感念，真是一个富于诗性的早晨——"六月花下藕"，像一句跳动的诗，被一位主妇脱口而出。

　　如此，买一节花下藕，给孩子打牙祭。一餐便被食尽。想着他意犹未尽，翌日又买一节，比昨天的那节，大了两倍，把一个胖大的菜盘堆得冒尖。拍一片老姜，配半个螺丝椒，烈火炝炒，激一点凉水，起锅前，淋一勺白醋，口感脆酸。

　　泡两斤豇豆。气温高，三四日便发酵好，由青转黄，稍微晃动玻璃罐，小气泡咕咕直冒，一股酸气呼之欲出，可以开罐食用了。

　　洗净，切寸断，红椒切丝，老蒜瓣拍扁，下油锅爆之，入嘴酸脆，滋味无穷。

　　绿豆粥，配酸豇豆，真正契合着一只自农耕时代辗转过来的中国胃。一入长夏，我便仰仗这一碗粗陋的粥饭续命。

　　网上有养生人士晒出早餐，无外乎混合着亚麻籽、坚果、蓝莓、圣女果、生菜、煮蛋的一盘中西合璧风，外加一块牛排、一杯牛奶。健康是健康，到底不接地气，适合美学观赏，岂能比得上我的一碗碳水配一碟酸豇豆来得温厚服帖？

夏天虽说苦热难当，却有许多时令蔬菜上市，也算一种补偿。

比如韭菜薹。掐掉韭花蓓蕾，搭配以香干、肉丝、青红椒，不失为一道下饭小炒。

合肥当地出产一种油皮丝瓜，口感温润，尺余长，刨去青皮，纵切至柱状，与嫩毛豆搭配，一道绿茵茵的时令小炒，望之，清气一派。食之，油润爽滑。或者斜切薄片，做一道肉丸汤，盛出来，也是清郑郑的，清热解暑。

菊花脑也好。捻一小撮，便可得一碗汤，串一枚鸭蛋花。饮之，唇齿间，凉气飕飕，如含一枚薄荷糖那么润喉。

比拳头还要大的青茄，切成长条，浸泡，滗去黄水。老蒜切末，浸入菜籽油，盐若干，与茄条隔水蒸透，搅拌至糊状，抹于米饭上，无尽滋味。

爆炒牛肉丝的青红椒，一定要露天的，才有农业手工时代的本味；西红柿也是露天的好，酸甜适度。倘若做汤，丢几只潮汕牛肉丸进去，锦上添花。

生命本无意义，不如治馔。

# 瓜果帖

没有哪个夏天，比壬寅年夏天更让我依赖水果。

如果黄桃和水蜜桃打架，你帮谁？

我会帮黄桃。

朋友赠一箱黄桃，彼时天不算太热，不舍得吃，一直储存于冰箱。近期气温骤升，忽然想起它们来。历经十余日低温涅槃，果肉渐软。洗去绒毛，无须削皮，拿指甲掐一小口，轻轻一揭，果肉合盘而出，晶莹剔透，颤巍巍，亮如玛瑙，黄如琥珀，透光如蜜蜡。削成块状，牙签戳着，一块块果肉，汁液淋漓地，顺着上颚、喉咙，一路冰凉滑向胃部。

第一口下去，如若置身井底，一颗心，瞬间落定。

一颗黄桃吃完，体温至少下降四五摄氏度。

某日黄昏，吃过夜饭，咬牙自沙发上爬起，去户外消耗卡路里。

一直走到天黑，气温竟然罕见地维持于三十五摄氏度。小区不再热闹，出奇的安静，广场舞也停了。除了天上飘过的几架飞行器，一切仿佛回到原初的阒寂状态，简直有着宇宙洪荒的浩渺广袤。

防蚊长裤被汗水濡湿，一步一裹腿，湿答答，确乎不好受。于右膝有恙的状态下，凭借意志力坚持一圈又一圈，终于完成五千步既定目标。这所有的动力，皆来源于冰箱里最后一个黄桃。一边走一边想象着，到家的一刻，拉开冰箱门，凉气扑面，当我大口吞咽黄桃冰凉果肉的酣畅淋漓……

是即将入嘴的黄桃，激励着我。

孩子暑假在家，每日上午例行三菜一汤的任务。

一日，当挥汗切菜之际，孩子举着平板电脑跑过来，让我看一个短视频：成都某医院收治了三位因中暑而得了热射病的市民，其中一位花甲之年的老先生未抢救过来——正在做菜的他，由于厨房太过湿热而导致的晕厥。

后来我们又看了一些科普视频，认识到高温环境下必须及时补充电解质。

冰箱里有两个柠檬，准备做酸菜鱼用的备料。我们何不动手自制饮品？

一个柠檬，对切一半，另一半密封于食品袋继续储存于冰箱。柠檬切薄片，放入巨大的玻璃凉杯中，注入五六十摄氏度温开水，挖两勺蜂蜜，搅拌融化，静置几分钟后，饮用。一口下肚，神清气爽，满血复活——柠檬的香气杂糅着蜂蜜的甜气，沁人心脾，甚至比必胜客调制出的柠檬水还要好喝。

孩子评价说是，比某某冰城的柠檬水好喝N倍。他一再建议，我们应该去小区南门摆摊售卖柠檬水，五元一杯……

酷夏时节，于未装空调的厨房炒菜，确乎苦刑。但近期，一边挥铲一边咕噜几口柠檬水的我，体内始终凉飕飕的，特别醒神，奇迹诞生了——笼中蒸的憋闷感，消失得无影无踪。

这小小一杯柠檬蜂蜜水，竟这么神奇的。

倘若出汗多，可适量加点盐、白砂糖，这样便成了名副其实的电解质水。

每日下午上班前夕，望着窗外毒哗哗烈焰，我不免陷入到黑洞中——这白炽的阳光，犹如千万公顷宽度的瀑布兜头而下，首先在心理上惧怕起来。人一害怕，意志力难免薄弱，各种纠结烧脑。自从我们研发出这款神仙水，一切难题迎刃而解，它已然化身为《西游记》里观音菩萨手里的净瓶之水，予人柳枝轻拂的清凉幻觉。

每日清晨，五点即起，第一件事，烧壶水，凉上；柠檬片切好，泡进去，调好蜂蜜，再奔赴菜市采买。

孩子五点半起床，六点准时外出跑步，正好灌上一杯柠檬水。

上午十点半前，一般可将三菜一汤做好。接下来的时光，小小犒劳一下味蕾。

一次性买回齁甜齁甜的有机香瓜四五个，储存于冰箱。厨房工作结束，香瓜上场。

洗净，削皮，对切，去除籽实，直接抓半个手上啃。一口一口吞咽，透心凉。这种来自遥远童年的瓜，长相质朴平凡，却甜得热烈酣畅——那馥郁的香气，酥脆的口感，似可唤醒整个天空的星辰。抓过香瓜果肉的一双手，甜香气不绝如缕，如巧克力般丝丝滑滑。

葡萄冰镇着，也可口，剥一粒，丢进嘴巴里，敏感的上颚被葡萄的凉气刺激到，似乎吓一跳；果肉被口腔压榨而释放出的甘甜，蚂蚁一样密布，一路自食管挺进胃部，过电般一激灵，暑气顿消。

冰镇木瓜，以及凉拌荆芥，也是我的夏日最爱。

每当说起这些果品，我的嗅觉一霎时复苏过来，确乎闻着了它们的香气，原本委顿的心，似有了一次新生，整个人清凉起来。

如此，酷夏里，凡有了瓜气、果气，这日子过起来，并非那么苦。

汪曾祺有一篇《夏天》，其中一句：

　　西瓜以绳络悬之井中，下午剖食，一刀下去，咔嚓有声，凉气四溢，连眼睛都是凉的。

短短几十个文字，作家的功力毕现，更见他的心境——得有多开阔从容呢。

每当溽热难耐，我便在心里默一遍……确乎，连眼睛都是凉的了。

# 苦辣酸甜，一日三餐

小暑大暑之间，作为一年中最为湿热时节，身体总是迟钝得很，不想动，最好一直躺在凉席上。

可是，一日三餐，也不能歇火。电影《食神》里有一句台词：你一生中最喜欢吃什么？

于我，非苦瓜炒辣椒莫属。

站在厨房烟熏火燎一两小时，端出三菜一汤——纵然饿极，照样食欲全无。即便有吃的本能，但一口也吞不下去。倘有一碟苦瓜辣椒，我就还能鼓起勇气刨下半碗米饭。

素炒，色拉油、橄榄油各半，三四颗老蒜瓣拍扁，油锅炝香，汇入苦瓜片、辣椒丝，刺啦啦一声，辣味应声而出，炝得人涕泗横流，稍微激点凉水，翻炒十余秒，出锅装盘，趁热吃一片苦瓜，一霎时，登峰造极的苦弥漫整个口腔，刺激得人的精神为之一振。慢慢地，随之咀嚼吞咽，苦味渐淡，辣味渐浓。实则，辣作为一种疼感，始终于口腔内缭绕难去，甚是奇特。

古语一直说"苦辣酸甜"。"苦辣"向来排在位首，地位不可撼动，仿佛也是一种担当。每次劝孩子尝一片苦瓜，勉为其难的他，挑一片最小最薄的入嘴，尚未咀嚼，便吐了，确乎太苦。未经世事的幼童，天性喜酸嗜甜，一点点活成了逍遥派。

酸甜口的代表，当数糖醋小排。仔排两根，切寸段，焯水备用。小火融化冰糖粒，炒至焦糖色，倒入小排，加黄酒、食醋、日本酱油翻炒，盐适量，炒至晶莹黄亮，滚水没过仔排，中火焖煮半小时，大火收汁，装盘，撒一小把炒熟的白芝麻。先啃几块排骨，再将黏稠闪亮的汤汁倾倒于饭上，拌一拌，小孩子哗哗哗的，一碗米饭，倏忽见底，抹一抹油嘴，似意犹未尽，小跑进厨房，揭开电饭煲续上半盏米饭。

无论大人小孩，酷热天，胃口都不太好，荤腥类的菜，不能日日层出不穷，蔬菜才是永恒的支撑。

每日凌晨四点半，被窗外鸟鸣惊醒，倘若平素季节，也总是翻来覆去赖床，忍也要忍到六点半起身。这一阵不了，凌晨五点即起——为着菜市场一位老人的召唤。年年酷暑，老人家都要售卖一些自家种植的有机蔬菜。每日天不亮，他雷打不动的开了那辆老三轮突突突行驶二十余公里，来到早市，才刚刚五点。我若延宕至六点半去，那些珍贵的有机菜，早被人捷足先登。差不多五点半去，豇豆、茄子、辣椒、香瓜、黄瓜……一样样，买一些，够吃两日，便收手。有时，买好老人家的菜，肉摊尚未开门，我站在凌晨的天光里静等。陆陆续续又来了一些顾客，到末了，一个个又遗憾而去了，老人的有机菜早已售罄。

一次，当我与另一名女顾客一齐蹲在地上，各自埋头挑些鲜嫩适中的豇豆，一个彪形大汉急迫杀到，嘴里唠叨无数：怎么又没有了呢？怎么又没有了呢……话音未落，他将我们面前的两三斤豇豆一把抢过去，一根不剩，根本无视我们的白眼。末了，他将老人仅剩的茄子、辣椒全部掳了去。

你能体会到吗？有机豇豆，吃在嘴里，是甜的。起先，用前胛肉与之同烧，末了，豇豆吃完，碗底剩下的肉块无人问津。后来，干脆改为清炒，照样一扫而光。城市小孩一向不太爱食蔬菜，但因豇豆特殊的甜口，我家孩子频频举箸，并给予高度赞美：这是我吃过的最好吃的豇豆。我们娘儿俩一边进餐，一边进行着友好亲切的交谈：我小时候天天吃的就是这种豇豆。孩子兴兴头一句：是你小时候的味道呗！

如此，每周餐桌上，有机豇豆的身影至少出现三四次。有时，变换花样，与白茄同烧，一样可口。

正是这一样样平凡蔬菜，安抚着我们的胃肠。

考虑营养全面，有时也得来点荤菜，既下饭，也增了钙质。毛豆米炒白米虾，成了盛夏主打菜之一。无奈如今巢湖封湖，当下买到的白米虾，产自巢湖支流，品质稍逊一筹，但总比没有强。夏季白米虾颇为丰腴，母虾只只抱籽，橙黄的籽，口感鲜腴。新鲜毛豆米爆炒激发出的鲜，又给这道小菜增添了另一层口感。

挖一勺虾豆，入嘴咀嚼，咕叽咕叽，最后连同虾壳一起嚼碎，咽下。无论午餐米饭，抑或早餐喝粥，都不失为一道下饭菜。

捯饬白米虾，我有强迫症，一只一只剪去头、尾、胡须。七八两的虾，至少需要半小时以上打理，颈椎酸疼在所不惜。一上午，勉强"治馔"三菜一汤而已，忙得团团转，连水也忘了喝。

喜欢去某超市买海水基围虾，一盒一盒地拎。平素为着营养计，一般清蒸后，蘸醋、麻油吃。在夏季，如此寡淡吃法，行不通，遂改良成红烧。热锅凉油，丢入老姜片、京葱段，最点睛的是一小把青藤椒，爆香，烩入大虾爆炒，黄酒、食醋去腥，老抽添色，适量盐，滚水没过，中小火焖煮，起锅前，大火收汁，口感鲜香，滋味殊绝。一餐饭，一碗大虾，再炒一碟空心菜，拌两条黄瓜，齐活。

碗底剩的虾油，一片红彤彤，晚餐下碗细面拌进去，一滴不浪费。

# 安徽饮食日常

安徽分皖北、皖南、皖中三大区域，皖北食面，皖南喜米。

各地风俗不同，年夜饭，也大不同。以作为皖中的合肥为例，无非鸡鸭鱼肉、凉菜、火锅之类。每一顿年夜饭，作为大厨的孩子爷爷必端出一道青菜豆腐，所谓一清二白，作为一道勉励晚辈踏实做人的劝谕式菜品，非常有仪式感。一条碗头鱼自然少不了——寓意"年年有余"。纵然置身温饱不愁的当下，中国人的血液基因里对于饥饿记忆始终挥之不去，难以割袍断席。

每临冬季，家里老人会腌制一批咸货。家禽类腌制出的咸香，实在难敌诱惑。一入冬至，这边的人无比热爱灌制香肠、腌制咸肉。冬季的合肥菜市蔚为壮观，家家参与。风干月余，便可食用。

春节时，除了肉丸、南瓜丸，我们也爱吃糯米丸子。将糯米蒸熟，拌入五花肉肉糜、姜粒、小葱，盐、黄酒适量，顺时针方向搅匀，团成丸子。用菜籽油，炸至焦黄酥脆。

家常美食，每一位主妇都会，所谓技巧，无非用心。

炸出的肉丸颜色更深，近于褐色，这是江南小城芜湖人喜爱的美食之一。成品蒸热后，可直接吃，或者下在火锅里。炸好的肉丸，熟油中煨着，可存放很久。春节后，将丸子捞起，对切四瓣，与腌制的嫩油菜薹爆炒，是芜湖人钟爱的一道下饭小菜。早晨吃汤泡饭，也可以搁几个肉丸进去。

我的童年在江北的枞阳度过。记忆中的腊月，一定有做山芋糖稀的时候。几十斤山芋烀熟，去皮，捣烂，适量水中过滤渣滓，剩下的精华与提前发好的麦芽一起，入锅烧沸，不停搅动，以免煳锅。

待水分蒸发，剩在锅底的便是糖稀，琥珀般蜜色，拉丝颇长。

如今乡下，唯余老人幼童，青壮年无一不外出打工。腊月时节熬制山芋糖稀，怕早已失传。糖稀是炒米糖不可或缺的伴侣，徽州地区则称之为"冻米糖"。

豆腐性淡。人到中年以后，才能品出豆腐之美。小时候的我排斥豆腐，甚觉寡淡无味。吾乡春节，家家户户磨黄豆做豆腐，一直吃到元宵节，还不见完，烦死了。只有中年的味蕾，才能品出豆腐的好。淮南八公山的豆腐品质一直很好。传统大锅烧出的土味豆腐，是至味，煎煮红烧，都是惊艳的。

鱼头炖豆腐，冬天才能吃出滋味。肉片烧豆腐，先煎，后焖煮，四季可食。

笋自仲冬一路贯穿到暮春，产自黄山的冬笋、春笋皆好，前者鲜甜多汁，后者肥美酥脆。无论冬笋春笋，都是腌笃鲜的最佳拍档。为了吃上腌笃鲜，我每年冬至以后，必腌一刀带肋排的黑猪肉，以咸肋排吊出的汤汁最鲜。若有徽州的三年陈腿加持，更完美些。

徽州火腿，于安徽人心中的地位，可以排上头座。于全国言，虽无诺邓火腿、金华火腿的名气响（两地火腿我都吃过），但还数徽州火腿滋味殊异，这与黄山一带的气候犹关。

中国火腿制作工艺大致相当，最关键在于原材料。徽州火腿来源于山里人家熟食喂养一年多的黑猪。猪吃熟食，产出的肉，香而不腥膻。这是最大特点。火腿腌制风干一年后，便可食用。

我吃过三年的徽州陈腿，芳香持久。切过陈腿的手，即便清洗过，依旧醇香不绝，丝毫不曾夸张。

常见吃法，无非一层火腿铺一层春笋，隔水干蒸；腌笃鲜里，吊五六片陈腿，抑或炖排骨时，放几片，好比药引，也是画龙点睛的那两只眼。这些汤，一经火腿点缀，一霎时有了灵魂，活过来。另外，三年及三年以上的陈腿，直接生食，别有风味。

糯米饭搭配米粉肉、千张的吃法，可能是芜湖人独创的一道早餐。乌米饭到春天才有，来自南烛叶汁液，将糯米染成乌紫色，江南地区普遍。

芜湖作为全国四大米市之一，过去年代，水路运输繁荣，码头上扛大包的工人来回卸货。做重体力活，一早必须摄入耐饥食物。饱餐一顿糯米饭配米粉肉、千张，再喝一碗甜浆或者豆腐脑，抗饿。慢慢地，这种早餐逐渐被市民接受，成为芜湖传统名吃。

年轻时贪睡，来不及在家早餐，匆匆去街头裹一份糯米饭，两头蘸上芝麻白糖屑，抓在手上，边走边吃。晚春时节，步行于槐树下，柔风轻拂，槐花簇簇，雪一样纷绕……是最值得珍惜的青春记忆。

春天也是食螺季节（可从初春吃到清明），夹掉螺蛳尾巴，佐以小米辣、八角、藤椒、香叶等作料爆炒后，小火卤煮。

在芜湖，午餐中若有一道春韭炒螺蛳肉，再配一碗臭干榨菜汤，盛一碗米饭，简直一顿活神仙的春膳。春韭螺肉，一般小酒馆的大厨做得地道，螺肉大火炝几秒，也是技巧，火候、时间都是关键，短了则生，过了又老。臭干和涪陵榨菜配搭，有解腻的效果，也是酷夏时节的一道家常汤品。南京、芜湖一带的臭干，比较正宗，合肥这边倒不常见。

每当仲春，当松花开始飘落新安江，胖头鱼最是肥美，一钵鱼头汤氽鱼丸，小火慢炖出的汤汁，白如牛乳，鲜香可口。巢湖则有著名的"三白"：白米虾、白丝、银鱼。晚春夏初的白米虾，大多抱籽，用来清炒毛豆米，或者加入牛肉粒做成杂酱，不失为一道时令菜。

冬春的白丝鱼，鲜掉眉毛，清蒸、红烧，皆可。银鱼是春夏季的好，合肥当地有一道菜叫"银鱼涨蛋"，即新鲜银鱼与鸡蛋同蒸，极富营养。银鱼干炒鸡蛋，风味亦佳。

初夏，瓠子上市，差不多日日吃，或者素炒瓠丝，或切滚刀块，与猪前胛红烧，甘甜鲜美，永远吃不厌。

我家没有泡菜坛子，倒有一个玻璃罐，盛夏专门用来腌制嫩豇豆。用来压豇豆的一块鹅卵石，被我用出了光芒，相当于家里一个老物件，有了温度。每临盛夏，这块石头便有了一次觉醒新生。之于腌制诀窍，也是每一位主妇的独门心诀，无他耳，纯粹手感。

我曾在另一本写食书中说过，水辣椒应是皖南特色。仲夏，露天种植的辣椒普遍变红，摘下，除蒂，洗净，控干水分，加适量盐、老蒜瓣、冰糖，用石磨碾成糊状，装坛，密封，发酵，月余可食。抹在馒头上，下面条时，搁上一点儿，也是菜粥的最佳拍档。烧鱼时，加一两勺，风味胜过豆瓣酱。

在南方水乡，秋天的另一个名字就是水八仙，安徽、江苏作为邻居，地缘相近，况且安庆、苏州隶属江南，同为水所滋养，出产时节、做法大抵相当。

素三仙是最诗意的一道夏日时令菜，鲜莲子、嫩菱角、藕带，大火炝出，江南一绝，好比小炒界的妙玉，有拒绝尘埃的清气。

农历九月，下过秋霜，吾乡山芋滋味最佳，红皮白肉，糯如板栗，吃快了，噎人。山芋粑粑是极贱的一种吃食，深深烙上了穷乏的二十世纪七十年代印记。所谓山芋粑粑，即山芋洗完淀粉后的渣滓，团成一个个圆形，曝晒，再碾碎，做成粑粑，大锅炕熟。是粗粮，色呈焦糖，甜极。

吾乡出品的圆萝卜，大如婴儿拳头，小如荔枝。深秋收获，曝晒几日，收尽水分，清洗，盐渍，杀生，装坛，月余便可食用。一方水土养一方人，现居合肥，轻易得不到家乡萝卜，多年不曾享用过，那种风味深深印刻于基因里，那份独特无匹的酸脆感，可随时呼应唾液横飞。

农历九月，也是榨油时节。土法榨出的菜籽油，优点是奇香，唯一的麻烦，则是烟重。说到菜籽油，当然是家乡枞阳的油坊榨出的为最好。油菜籽收割，脱粒，晾干，挑去油坊榨油。每家皆备一口巨大陶制油坛，可食一年。

童年的我最喜欢揭开坛盖，蹲在坛边深深闻嗅菜籽油奇异的香气，无比治愈。

# 舌尖之春

## 马兰头

早起推窗，蛙鸣一片，有置身僻野的幻觉。人还是慵懒的，慢慢走去菜场。

春日菜市，是活的，有流动感，到处是簇新气息。笋、蕨、草头、枸杞头、马兰头……堆得小山一样。假若不买点，活得绝无气质可言了，甚或对不起这样的春天。

一个人平素不论何其厘俗，如若拎上半斤马兰头，三两株笋，蹀躞于春日的窄道巷陌，这人顿时拥有了弈棋清客的气度。

马兰头老根择掉，洗净，沸水焯一下，捞起，凉开水过一遍，一把一把，团于手心，攥掉汁水，切碎，佐以香干、醋、生抽、芝麻油，凉拌。若还存一份闲心，将它们整体团在一块，造一个宝塔形，堆于白碟，待上桌动箸之时，再将其松散开，重新拌一拌。讲究点的，撒一撮熟芝麻，口感尤佳，不失为一道下酒凉菜。

春，不仅仅体现于"溪头荠菜花"，更藏于饕餮者的筷尖。

也可热锅凉油，将焯水的马兰头迅速入锅，拨拉几下。凉拌马兰头，颜色新翠，仿佛不死的魂魄，随时升天成仙的鲜活；爆炒出的马兰头，则有一点软沓沓的疲惫，一丝"流水落花"的怅然。

不论凉拌，抑或清炒，那份特有的清香始终在……纵然吃饭如此家常庸俗的事情，有了一碟马兰头的加持，也能吃出一种清虚氛围。

晒干的马兰头，味尤佳。焯水，挤干，摊晒于春阳下，不出三两日，干透。干马兰头作为一碟"山家清供"，自然不输于任何一味，其殊绝的清郁之香，如坐溪边听雨，亦可比拟于古之书生作文临帖，另辟蹊径。若拿它与五花肉同烧，其中滋味，没齿难忘，拿它比之于一卷南朝法帖，自遥远的山野来，萧散清寒，淡素简约，瘦漏透空中，人间所有盛景不在，而你的心弦早被拨动。

袁枚《随园食单》里有一条："马兰头菜，摘取嫩者，醋合笋拌食。油腻后食之，可以醒脾。"

明朝古风里，有一首关于马兰头的五言，非常好：

马兰不择地，丛生遍原麓。
碧叶绿紫茎，二月春雨足。

呼儿竟采撷，盈筐更盈掬。

微汤涌蟹眼，辛去甘自复。

吴盐点轻膏，异器共畔熟。

物检人不争，因得骋所欲。

不闻胶西守，饱餐赋杞菊。

洵美草木滋，可以废粱肉。


马兰头的清雅之气，比之于菊，也不为过。

乡下，每临春来，马兰头、看麦娘遍野横陈——这两样植物，从不择地，当得起"寒门闺秀"的名头。

小时候，我们割回马兰头，喂猪；看麦娘薅回，一穗穗籽实捋下，撒在地上，喂小鸡雏。猪食马兰头时，两只肥耳一颠一颠的，忽闪生风，间或发出粗壮的"哼哼"声，让人没法嫌弃；小鸡雏披着一身鹅黄绒衣，一边啄食看麦娘，一边发出微弱的"叽叽"声，惹人怜爱。

每每忆及此等野蓼山葵之乡事，如若悠悠然，闲闲然，顿感走笔流星，顷刻之间，天性馨露。


## 柳芽儿


去菜市，老远看见路边，一位着花袄的老人站在柳树下，捋柳芽儿。她专注的样子惹我停下脚步，看了很久。汽车在她身边穿梭来去，浑然不觉的她仿佛置身世外，克勤克俭攀着一根根柳枝，尖起拇指、食指、中指，自上而下，柳芽被捋成一只毛茸茸的圆球，嫩黄嫩黄地进了老人右手腕上的塑料袋里……真是一桩少有的诗意的事情。

此情此景，应了皮日休两句诗：

梅片尽飘轻粉屑，柳芽初吐烂金醅。

几场春雨浇透，地处北纬35度的合肥杨柳，正值鹅黄初上之时。同样春分节气，我在微博里看见北地朋友晒出的柳枝，方才初初冒出比苔花还小的芽骨朵，而我们江淮之间的柳芽，早已长成雀舌那么大了，正是可食之际。

明人谢肇淛在《五杂俎·物部三》里说："柳芽初茁者，采之入汤，云其味胜茶。"

柳芽与香椿头同质，属于百搭菜式。要焯水，去除苦涩。柳芽凉拌，是最清简的吃法。想吃得隆重点，无非与鸡蛋同炒，这是上乘吃法。但，一定要有柴鸡蛋搭伴，才有至味。

前阵，我们的车子坏在环城高速上，下到一个叫作岗集的小镇维修，需三四小时之久。闲着也是闲着，顺便去镇上集市闲逛，遇见一个售卖土鸡蛋的妇女，喜不自禁——从她那里以每只一元二角的高价，买了三十枚鸡蛋。回家敲开，方知上当。

柴鸡蛋炒柳芽这道菜，没得想。退求其次，将焯水后的柳芽搅拌于玉米糊中，摊饼，倒是适合晚餐。草长燕飞的仲春黄昏，配着柳芽薄饼，喝粥，千金不换。

所谓——你有你的海天盛宴，我有我的白粥柳芽，别有洞天滋味。

小区植有垂柳，十余株，有些树根部，遍布虫洞，但凡春来，照样柳绿絮飞。近日，春风熏人，柳枝一绺儿一绺儿，如细雨斜斜拂动着，望之，心旌摇曳，该为它们写一首诗吧——春日总是有着让人写诗的激荡，一切感官次第复活，真是酒旗风暖少年狂，就为这样的燕子来时繁花开时。

我卧室窗前也有一株瘦柳。每日电脑前枯坐，一歪头，便能看得见。阳光和煦，投进来的光斑柔和迷蒙，有着古典乐的韵律，如若柴可夫斯基的《船歌》那么温柔，一直晃，一直晃，直至可以将你晃睡过去。望得久了，这一身绿衣，逐渐地成了佛，母性的广大恬静幽柔。

不论博学高致，还是谦恭和易，抑或深浅广狭，我们都与这春日，这草木，相知了。

在吾乡枞阳，每年清明，除了给亲人上坟，我们都不忘在门楣上插两把柳枝，算是贺春。这种时刻不忘将自己融入草木自然的乡俗，实为《诗经》以来的古风。

# 螺蛳

每临春日，芜湖街头小吃店橱窗内一定摆有一道当季时令菜——韭菜螺蛳肉。黑褐色螺蛳肉平摊于白瓷碟，旁边点缀一绺儿新韭，好比一幅宋时小品，碟子的瓷白衬着螺蛳肉的黑褐，是春复秋往的岁月幽深。韭菜的新碧恰便是一只翠鸟停歇于光阴的枝头引吭歌之。春韭的这份绿，仿佛一个动词跳跃着，给原本沉闷的生活点燃了一支烛火，叫人听见厨房里葱蒜炝锅的刺啦声，平常日子顿时遍布诗意。

秋末晚菘，初春新韭——历经一冬的霜雪霖露，春天的韭菜，格外鲜妍，入嘴嫩滑微甜。将其切成碎段，投于螺蛳肉中爆炒，唇舌间，荤腥的绵韧迅速掠过植物的丝滑，如若暴雨过后西天彩虹，别有一份新天新地的簇新感。

多年过去，我一直惦念这道韭菜螺蛳肉。当年，坐在小饭馆内，只点一份韭菜螺蛳肉，一碗米饭，食毕，再喝一小碗臭干榨菜汤——典型的江南春天的味道。

这道菜，只有饭馆大厨擅长烹饪，居家乏人问津，主要是掌控不好火候——螺蛳肉稍微多炒几下，便会老掉，嚼不动，味同嚼蜡。居家适合红烧带壳螺蛳。

买三两斤鲜活螺蛳，放在清水里，滴点色拉油，储养一夜，让螺蛳吐出泥沙。翌日，坐在阳台，捏一只微型老虎钳，夹掉螺蛳尾部。夹螺蛳最考验人的耐心，要把性子沉下来，一颗一颗慢慢夹。花椒、八角、桂皮、干辣椒、葱蒜姜炝锅，入螺蛳爆炒，老抽上色，加水烧沸，文火焖煮半小时，大火收汁，起锅。

嘬螺蛳，也要有闲心。窗外春光正好，山樱开得迷离，垂丝海棠着了火，一树粉花千朵万朵，热烈得管不住自己了。春天里，所有草木一律热爱把自己搞得闹喧喧的，唯余柳色青青，一贯娴雅，一派远树笼烟的淡然……这样的时刻，特别适合嘬螺蛳。半晌午，说饿吧，也不十分饿，但，身体里总是鼓胀着一份慵懒情绪，乡愁一般泛上来，具体至目前，又飘飘忽忽，人像失了魂，不晓得做什么才好……这种年复一年的百无聊赖的春懒，适时被一碗螺蛳搭救，一颗一颗一粒一粒，都是好肉，绵韧，紧实，愈嚼愈香，最后连碗底汤汁也不放过，一齐喝下去。

夹三斤螺蛳，至少花费一两小时。当下，何以有如此闲情逸致？多年过去，忽有所悟，吃螺蛳，并非单纯地满足口福之欲，它更多的则是一种春天的仪式。对一件事情，投以宗教般的感情，将整个身心融入——静、闲是两大关键。现代人，最缺的无非——静与闲，人人将自己忙得团团转，焦灼，烦躁，易怒，连赏花的性情也渐趋退化了。

我总是容易陷入焦灼之中，没有法子，常常有意识地买些难搞的菜回来，用择菜来平息一颗不安之心，顺便培养耐心，比如一棵一棵择绿豆芽的须根，或者剥豌豆，或者掐小虾米的头须等等。做着这些琐碎的手工，一颗心自会渐渐平息，静谧不请自来，慢慢地，整个身心便会舒豁畅达。

扯远了，继续说回来。

螺蛳肉是可以从初春一直吃到清明的。过了清明，螺蛳肚里渐渐有了籽。若是不管不顾继续搞来吃，会有绝后危险，应该可持续发展，让人家繁衍后代吧。对于食客来说，清明的节令就是一道休止符。

童年记忆里，过完清明节，河水渐暖，我们小孩子开始脱鞋下河摸螺蛳了。螺蛳喜好水中石上栖息，攀住一片石林，不挪步，便可摸上一桶。拿回，用石头砸开，家里那几只麻鸭闻腥而至，用它们坚硬且扁长的喙，轻车熟路啄食碎壳丛中螺蛳肉，吃得鸭头直甩直甩，甚或，鸭子可将螺蛳壳甩去一两丈远的地方。它们根本就没有餍足的时候，末了，仿佛醉了，迈起步子更加摇摆癫狂，宛如醉仙。吃过螺蛳肉的鸭子，下的蛋大多双黄。整个春夏季，乡下鸭子赴的都是关于螺蛳的饕餮盛宴。二十世纪七八十年代，小孩子无繁重课业，余裕时光均全身心扑在大自然中了，上山，下河，喂猪，赶鸭，放牛，望天，望云，望远，望气……一个个金色童年，一生用之不竭的富矿。

皖地螺蛳一律灰褐色，长相上囫囵囵的，看上去特别憨厚，没什么大的特色。浙江开化一带倒有一种青蛳，那才叫惊艳——瘦长型身子骨，尾部酷似海螺的构造，螺旋形的螺蛳纹尖尖细细，彗星一样拖得老长。螺蛳壳呈鸭蛋青色，出水之际，自带光芒。这种青蛳只肯生长于开化山间无污染的溪涧，如今正值上市之际。浙江人食螺蛳，更加雅致，在菜市称完螺蛳，卖家额外赠送一把紫苏。紫苏，皖地不常见，我几次进出云南，就爱逛当地菜市，那里紫苏铺天盖地。

近年，每临春来，总有两个心愿隐秘泛起：一是去新疆伊犁沟谷看看浩瀚如星光的野杏花，二是去开化吃一次紫苏焖青蛳。

所谓"骑鹤下扬州"中的鹤，是根本不存在的。诗人不过是借鹤的意象，去渲染人在春天里的无往不胜，无所不有，图的就是个痛快。好比我，每临春来幻想着看野杏花吃青蛳，实则，并无实施下去的必要——生命里许多事情，想象本身便是一种抵达。

# 徽州美食

去宣城山区采访，沿泾县、旌德、绩溪一路走下来，艰辛疲惫，但味蕾的一次次被犒赏，也算是灵魂的暂歇了。

同属老徽州地区，三县之间饮食相若，每餐都有热锅子。

无论歇脚于乡下，抑或县城，纵然酷夏，桌上一定少不了一品锅。服务员啪一下点燃固体酒精，蓝火微闪，小炉上迅速坐上一只宽体陶钵。宾客坐定，茶水斟好，一品锅恰好沸腾起来了，咕噜咕噜冒着香泡。顶层码放的，照样是金灿灿的蛋饺，依次塞过肉的油豆腐、五花肉等，最底层，一定有我最爱的干菜类，无非笋干、干豇豆、干萝卜丝。这些干货吸饱肉汁，口感饱满丰盈。

热菜，最能激发食物的本味。一边饕餮，一边拭汗，才是对食物的尊重。

山区，每临春天，采不尽的香椿头，一时享用不了，就也焯了水，晒干，储存起来。将干香椿温水泡发开，切成碎粒，与肉糜同拌，包入蛋饺，塞进油豆腐。干香椿头的香，好在它的余韵，不比新鲜时节那么炽烈浓艳，总归淡淡浅浅，内敛克制，被肉香激发着，慢慢回了魂，如镶了金边的云彩，有春雨初歇的方兴未艾。大家都饿了，个个低头刨饭，筷子频频伸往一品锅，嗜好油荤的，夹蛋饺、油豆腐、五花肉；嗜好素食的，吃最低层的干豇豆或笋干。二者互不侵犯，相安无事。一桌人，默默契契，无一人言语，围一小炉，同享美味。

沿途山岭绵延，坦途处，忽见大片豇豆地，整齐搭了两米高竹架子，一派俨然。逐浪的叶丛间，遍布紫色豇豆花，如天上的星辰骨碌碌眨眼，嫩豇豆犹如绿面条，一根根，沉沉低垂，夏风披拂，花花叶叶微微抖动，望之安详。

没有哪个地方有徽州人如此挚爱种植豇豆。

一次，在一路口，看见一个人拉了整整一三轮车豇豆，甚是壮观。

沿途，一座座村庄，家家农户小院里，无一例外均在晾晒焯过水的豇豆。这里人的心思何等细腻，绣花一样，将豇豆一根根捋得整整齐齐，摆在竹筛里，一根贴着一根，仿佛认真织着的一匹匹锦缎……这份无微不至的珍重里，也是对于平凡食材的爱惜吧。这些被晒干的豇豆，多是用来制作一品锅了。一夏收获，可食一年。

在一古村落，走着走着，烈阳如曝，口渴难耐，恰好有一条老黄瓜挂在山墙边，就把它摘了，啃起来，远远被一位抱着幼童的大婶望见。她好客地大声招呼我们去她家，利索地打开小菜园门上的挂锁，让我们进去随便摘。一园好菜啊——西红柿青里泛红，辣椒挤挤挨挨密得要打起来，南瓜啊瓠子啊隐士一般躲在叶丛中乘凉，两畦油麦菜蹿得两尺高……大婶说吃不掉，喂猪。乡下的猪比我们城里人有口福，吃的都是有机菜。

菜园门口一只竹篮，盛满皮色橙黄的老黄瓜。大婶反复客气地让我们带些走，说是与腊肉同炖，非常好吃。我曾吃过老黄瓜炖鲜肋排，确乎味美。惜乎尚有三四日行程未完，婉谢她一番美意。

回庐后的某日早晨，在菜市遇见一位老人篮子里也有老黄瓜，奔过去，买两根，两斤重，特地买一截咸肉来配它们，红烧之，滋味确乎一等一。

泾县的茂林糊，也是一绝。盛在扁圆陶钵里，乍看，不过就是一般的糊糊，略点缀几缕鸡蛋丝，少许肉末。必得品尝，才会惊艳。糊由葛粉、淀粉按一定比例勾兑而成，入嘴，滑而糯，如墨一点点洇开，有回旋的润。

徽州的鸡头秆、菱角菜，自不必提，南瓜禾子更是可口。一日，行路旌德，湿热异常，双眼昏花，可能是中暑的前兆了，独自留在车里枯等。一歪头，一位少妇坐在门前，正低头撕着南瓜禾子。她何以一次性采摘回十余斤南瓜禾子呢？堆在身旁，如山如河。

原本委顿的我一下来了精神，跳下车，在她身边坐下，呆呆看着她把南瓜禾子一根一根撕去筋络。咫尺处，便是起伏的稻田，连午后的薰风都是绿幽幽的了。我说，这南瓜禾子，在我们那儿要卖六七元一斤啊。少妇慷慨地笑笑，顺手指了指田埂：我们这里遍地都是，你去采嘞。

少妇一边忙碌，一边与我闲话，说是就爱吃这个东西。我好奇：一次搞这样多，岂能吃得掉？她的手，上下翻飞一刻不停，头也不抬，咕哝一声：炒炒也没多少嘞。

目测炒熟，至少一脸盆。

在乡下，就这点好，吃东西可以吃得壮阔浩瀚。

到底，南瓜禾尖的嫩叶，也被她爱惜着，捉住嫩叶根部，轻轻一掀，一层若隐若现的筋络随之撕去了。

少妇跷着兰花指的样子，美若春天。南瓜禾子特有的菜腥气，直冲肺腑，且杂糅了少妇温柔的旌德话，无比醒神。

与她挥别，也是日落西山了。

# 吃石榴犹如禅修

孩子爷爷在我们房前屋后栽了四棵石榴树。去年，被人拔掉两棵，剩下两棵。我家阳台外面有一个十余平方米的露台，我们种了蜡梅、柑橘、龟背竹……以及一棵石榴树。算起来，我们家一共有五棵石榴树，至今，只剩下三棵了。每年春来，总是石榴树最先萌芽，细细密密的叶子，于寒风里瑟瑟缩缩的，像极耳语，绛红、浅青色系，犹如被冻紫的唇，伶俜可爱。

小区许多绿化树，最常见的是香樟、红叶李、榉树、鸡爪槭，其次就是石榴树了，每临五月，当蔷薇凋谢，便是石榴花盛开之时，火一般热烈，没有哪种果木像石榴树这样毫无保留地把花事搞得如此丰繁热烈。

前几年，孩子常流鼻血。听一位老人传一个方子：白石榴花炖白毛老鸭。访遍合肥所有中药房，不曾找到白石榴花，白毛鸭子倒常见……这道药膳，因为白石榴花的缺失，最终不了了之。

孩子一日日长大，慢慢地，流鼻血的毛病不治而愈。每想当年盛夏，遍访白石榴花而不得的苦恼，仍旧心有余悸。

过日子，最怕这些琐碎性烦恼。倘若日日有花赏，那是最好不过了。

五月，姹紫嫣红开遍杜鹃蔷薇，姚黄魏紫看尽牡丹芍药，终于迎来石榴花期。她的花季那么长，可以一直开到盛夏，蝉鸣声声，日子被拉得悠长。石榴树上这繁盛茂密的花，火把一样隐在绿叶丛中，令人感动。石榴开花，也奇怪，往往是，一个枝头共坠三朵，小姐妹一样拥在一起——真正地，只有中间那朵才结果，另两朵是来串门谈心的，怕她寂寞吧，暂时陪一陪，然后，开够一月余，另两朵随风离枝——到底姐妹一场，让人唏嘘，忽然想起《诗经》里的"燕燕如飞"，任何时候读起来，都是有情有义——这世间，还有什么比相互陪伴更情深义厚的呢？那枚小石榴，经过漫长花期，一点点见风长，起先，是雪青的皮，慢慢地，历经长夏酷热，再历经秋风秋漓的捶打，渐渐变红，沉甸甸地坠下来，坠下来，把树枝都拽弯了。有些石榴树正好种在南窗下，一来二往处出感情，主人心疼，找来几根木棍，几截绳子，把树枝扶正，棍子插进地里，相互捆绑好，纵然再大的风，也吹不折。仿佛野树，也不见人照管，怎么一年年里可以结成那么多石榴？自然的法力无边，一定有它的堂奥。

有一年秋天，出差云南，在昆明机场看见蒙自石榴，真是天外有天啊，一个石榴竟如婴儿头颅那么大，白皮，泛着微红，托一个在手，铅一般沉。不得不佩服云南这块广袤神奇的土地，简直是生命的沃土，石榴都长得比内地大。皖地怀远石榴也著名，有白籽与红籽两个品种。

昆明机场的蒙自石榴，三十八元一斤。我颇下了一番决心，买回两个。轻薄的皮不费力撕开一道口子，顺着裂痕用力一掰，粒粒晶莹的宝珠绽出，悉数倒入碗中。一个石榴可剥出满满一碗籽实。坐小凳上，拿勺子挖着吃，几十粒籽实在口腔内，被上颚与舌头挤压着，汁液迸裂四溅，甜，真甜，于舌上流连婉转。那时孩子年幼，不晓得立即吞咽下去，黏稠的汁液淌了一身，把月白色围兜也染红了，是浅红，一团团，像豁了边的明月映照胸前……

吃石榴，是细活，急不得，吃着吃着，一颗心静下来。吃石榴，如同修行，一点一滴，是珍惜，也是恋慕。每次，将一大碗全部吃完才罢休，胃里被甜满满当当霸占着，有俗世的满足与踏实。

吃石榴，是特别温馨的日常，没有哪一种水果可以给人带来这种丰腴的满足感，简直一次修禅。

一直热爱石榴，几乎年年邮购，一只只码进冰箱，雪藏，一直吃到春节。

汪曾祺也曾写过云南石榴，还写过云南的水萝卜，说是那些西南联大的女学生，没事时就上街买水萝卜吃，一小串一小串挂在一起，放在嘴里嚼，咔嚓有声。他没写女生怎么吃石榴。

吃石榴是个细活儿，在街头不便剥了便吃。吃石榴，要把一颗心定下，坐着慢慢剥来吃——汪曾祺在西南联大那会儿，肯定也恋爱，大约尚未处到与姑娘一起吃石榴的分儿上，便分手了。不然，他肯定要好好写写怎么吃石榴。

石榴花也是可食的。那些繁密的红花坠在枝头，远望，有森森细细的美。美是无言的，但，又分明有言，它们并非说出的话语，而是流淌出的音乐，是大提琴。大提琴是幽咽的，同时又无比热烈绵长，催人泪湿，是贝多芬的第二大提琴曲，一声声，柔肠百结，拉得平常日子起了意，一点点往纵深流淌。

古诗领域，写石榴写得最好的还数韩愈：

五月榴花照眼明，枝间时见子初成。

可怜此地无车马，颠倒苍苔落绛英。


古人将石榴花摘下，捣汁染衣，便是石榴裙——"红裙妒杀石榴花"，这样的裙子收尽春光，中国古诗词也被染红了。

石榴来自西域，发祥于连绵高山。希伯来语中，石榴的本意，即是"从高山上来的"。玛瑙红色的石榴汁也曾出没于《圣经》。石榴花，是西班牙国花，堪比我国牡丹的尊位。

# 枇杷黄时

　　小区枇杷树无数，秋末含蕾，冬初花发，花期细茸绵长，隆冬大雪不萎，来年春天结出小青果，历三季，到了初夏，一颗颗黄起来。

　　下班回来，太阳挂得老高，一进小区，老人们手持竹竿正带着孩子们打枇杷。

　　孩子们蹲在地上捡拾，穿着开裆裤，小屁股肥嘟嘟，嘴角不停往外流口水，话也讲不清，小脸兴奋异常，手上抓了许多枇杷——人生中第一次面对如此大面积收获，喜悦自见。

　　晚霞的余晖里，望着这一幕，不禁想起胡兰成的专用术语——天地都是这样的贞亲。

　　去另一小区小饭桌老师家接孩子。孩子偷偷告诉我，他们小伙伴藏了一点半青半黄的枇杷在信箱里，老师说，等过几天，就熟了……我抬头望树，一嘟噜一嘟噜的枇杷挂在巨大叶丛间，晚风微微吹拂，青果枝头晃动……那一刻，真正觉知，人世还真是美的，尽管一颗心极其疲惫。小果子坠在枝头像一个个火把，把平庸生活瞬间点燃，让你低头走路时，诗意丛生。

有一年，也是初夏，去单位排版间，偶然瞥见同事桌肚里静静放着一篮枇杷。篮子是竹篾做的，上方有盖，贴一幅画，画上略略点缀几颗枇杷，来自三潭。对的，三潭枇杷，颇为有名，在徽州腹地。我一边坐同事边上，一边默默感念，这该是何等深厚友情，才值得老远赠一篮枇杷来呀？那些年，比较孤僻的我，一直不擅结交友朋，总是把自己龟缩于一个坚固的壳子里。近年，方慢慢好转，并在朋友们的感染下，渐渐学会与人共处。人至中年，方才活开，未免太晚了。

去冬，第一次品尝到来自云南的冬枇杷。朋友寄来整整一箱，千山万水长途跋涉，果皮一点也未碰破，是东航带着飞过来的。开箱，清气扑鼻，那种枇杷黄，令人不知所措，爱惜也不是，珍藏也不是，我的心怦怦跳，后来还是绕不过馋，洗了五六个，剥来吃。怎样的甜呢？剐住了。甜过之后，又觉，平凡如我无端享用如此上乘果品，真有罪过……凭空领受如此隆重礼物，无以为报啊。

朋友心细如发，枇杷盒里额外装有五六片枇杷叶子，她是给我熬水喝的。那个冬天，全家不曾咳嗽。那些叶子渐渐风干，依然碧绿碧绿，宛如不死精魂，被包在柔软的纸里珍藏起来。近日，打扫卫生，在北阳台储物架上翻出来，揭开纸，一如当初的新鲜，闻之，袅袅香气。什么叫睹物思人？这就是——与这位云南朋友，不曾谋面，但，一见这些枇杷叶子，自会想起她的柔肠情深，真是无以为报。

那一箱枇杷，吃了整个冬天，细水长流，舍不得，一天吃几颗，吃到后来，表皮起了皱纹……看着摆在北窗台边透风的它们，心里踏实，永远吃不完的样子，犹如美好日子一直过不到头。也曾下很大决心，分了一盒给同事的母亲——因为她这位母亲平素对我太好了，简直比我妈妈对我还要好。

坐小凳上，一点点剥皮，汁液淋漓，淌了一手，果肉毕现，拦中掰开，里面果核悉数掏出，丢掉，整瓣果肉囫囵丢进嘴里，咀嚼，汁液飞溅口腔，然后，就是，甜，甜，甜，子弹一样击中你，果肉化作一摊水，滑进胃囊……吃完五六颗，仿佛若有所失，有一点惆怅，幻想去到枇杷园子，毫无节制地吃，一直吃到醉，就势睡在枇杷树下……

福建某地枇杷，也颇有名，每年春上，空运过来，价格高昂，个头大是大，颜色上虽也黄艳艳的，但吃起来，寡味，甜也不是，涩也不是。后来得知，用了大量膨大剂催熟所致。

这样的时代，人心不古，白白把好东西糟蹋了。

昨天，在单位，主编托几颗大枇杷送过来，我慌忙摆手：不吃不吃，太酸了。他手上的枇杷，黄里泛点儿青，纵然未到十成熟，也实在好看，简直可以把它们画下来，供于书房，观赏。

确乎不曾有哪一款果品，像枇杷这么适宜入画。杏小，也是黄的，可是一落笔，竟有冶艳之气了，不足观；苹果呢，像个大姑娘，憨厚倒是憨厚，挑起担子来更不输于男人，总归少了些清逸之气，苹果姑娘是用来过日子的，并非用来写诗作画的；梨有寡气，白嫩是白嫩，汁液肆意起来，有点收不住自己的放达，略有点儿浪荡，到头来一片空虚……佛手呢？老远看，一派黄灿灿宝光，向来入画的。可是，我总归喜欢不上，好比自恃清高之人，整日长袍马褂，脖上坠串佛珠，绕了三道，远远望之，似吐气如兰，实则，内中如洗，徒具皮囊耳，空留一派作张作势的虚假，到底一个俗坯子——我就是不喜欢。不要再例举了，也只有枇杷天生有着绵延的艺术气质，可珍可贵。虚谷的枇杷，一时无两。最喜欢这个老和尚的设色，飘浮着一份超然物外的黄，气息流动，绝了人间烟火，没有杂质，纯粹无邪。十余年前，第一次看他笔下枇杷，至今难忘，像一个人，端端正正的，自风里来，自明月里来，自荒野墟烟里来，虚怀若谷，与人世亲，但，也一直是拒人的。就是这份拒人的高冷，每每见之，总是心碎，好得令人心碎。在得到与失去之间，有一个极度空旷的幽暗地带，犹如宋元人笔下的那一批批苍烟老画，仿佛自有来处，可是临了，你又想不起来，那只能在梦里见过的山水长卷。这就是幽暗地带，沉浮于得到与失去之间。

近一年来，我做版面配画，都没有离开过宋元山水，那是一个副刊编辑对于岁月与山河的致敬——我所栖身的这份报纸，大抵命不久矣，若不好好做几期，日后，怕也没有机会了。

每回工作，电脑里播放的都是埃尔加《爱的礼赞》——我要将世间所有美好一齐送给无限虚空。

这么说，实在有点凄清，也让人疲倦难抑。可是，当我回家，在黄昏的余晖里，看见老人们打枇杷，小黄果落了一地……不远处站着一棵孤独的桑葚，果子也熟了，乌紫乌紫的，也有红的、青的，一起杂糅在一棵小桑树上，那么好看，天然的着色，画上去的一样，一直不曾有人关注它们。人家也不因落寞而集体情绪低落，还是那么自在地挂在树上，镇定自若大抵如此。

人类极少如此修为，一贯心随境转，动不动乱了分寸，故，才要打坐，静息、平心，总归是气息不稳，凌乱、飘忽……怎么样，才能令一颗心静下来？真是一门功课。什么是超然物外？把一颗心凌驾于万物之上，高高地飞……

齐白石老头的枇杷也好，黄果，黑秆，墨叶，满眼蔬笋气，生活的根须扎得深，愈到晚年，下笔愈润。一小幅枇杷小品，下方蹲只蚂蚱，动静适宜，调皮灵动，一点儿不唐突，一派和气……何止枇杷呢，他笔下的麻雀也好，停驻于金黄的稻穗上，漫天漫地都是村气。别小看了这一份村气，那是万物的源头。壮年的他画《借山图册》系列，何等豪气。齐老头一生节俭，甚至小气了，可是，人家运起笔墨来，又是阔气的。

小枇杷年年黄，青草年年绿，一切不曾改变。天地自然，星挪辰移，亘古未变，唯有这人，一年年老下去，白发纵生，气息一年不如一年了，一颗想飞的心，也不知可飞得起来了？

# 贺州美食

早年的合肥菜市，有卖广西荔浦芋头，一个重达四五斤，一刀两瓣，露出白里透紫的横切面，望之，颇像长篇小说的宏大叙事，叫人不知怎么办才好，也就忽略了。

出差贺州，春天的田畈里，似乎只肯生长芋头、荸荠两种植物。当地芋头与荔浦芋头相若，个儿大，口感粉糯，似板栗。那里有一道芋头扣肉，看起来朴素的一道菜，甫一入嘴，何等惊艳，被荤油浸透的芋头，真是天下绝一味。将芋头切成长方形大块，大约一厘米厚度，一块芋头夹一块五花肉（肉上裹了米粉），上笼屉蒸透，倒扣于碗。趁热吃，凉了香味大减。

当地人称之为香芋扣肉。回合肥后的我如法炮制，口感差得不在一个等级。终归是食材不对，这边的芋头非但不糯，而且水唧唧，悉数倒掉了。

2000年代，李保田主演的清廷剧里，似也说过荔浦芋头专门用来进贡朝廷，供乾隆享用。贺州、荔浦同属广西，纵然地质迥异，但产出的芋头一样是尤物。

除了香芋扣肉，贺州的白斩鸡，也是无与伦比的，金黄的鸡皮也可吃下去。这里的鸡，活得幸福，整天游荡于旷野田畈之间，奔跑、打闹、争风吃醋，饿吃草虫，渴饮山泉，回家还有继续被玉米、稻谷犒劳的福气，活得天然，不曾被异化。整只鸡入沸水，氽烫八九分熟，捞起，凉透，斩成一块块，上桌。连蘸料也多余，寡口吃，入嘴后历经四个复调：韧而紧实，嚼之不柴，后有余甘，齿颊留香。鸡皮紧绷而灿黄，脆而无油，毫不腻口。

有一日中午，于茶园食堂用餐，面对一盘鸡，吃着吃着，忽然，窗外哗啦一声阳光普照，小鸟在枝头鸣唱……叫人呆呆望着毗邻处一棵几百岁的拐枣树，在心上叹口气——就是这平凡又珍贵的一只活鸡，仅仅五十六元。

我在合肥曾花一百八十元托人带一只所谓的走地鸡，其味，不及贺州鸡之一二。

贺州当地有一款小食——梭子粑粑。春三月，田野里到处都是野艾草，掐嫩头，洗净，揉出绿汁，备用；糯米浸泡一宿，蒸熟，倒入地凼（一块青石挖个深坑），以木棰捣至糊状，将野艾汁掺进去，揉匀；以豆干丁、肉糜、笋丁作馅料，包起来，形似梭子（渔民织网工具），故名"梭子粑粑"。可凉吃，可油炸。

一日，我们一群人路过一座叫作"福溪"的古村，遇见一位大婶自家里端出一锅糯米饭，客气的她邀请我们品尝。我伸手去她竹筐里捏一小团，塞嘴里，一百度的烫，一股奇异的米香直冲肺腑——天哪，世间何以有如此可口的糯米饭？同行的长辈也放下严肃架子，情不自禁伸手抓食。置身青山绿水之地，人慢慢地也都被还原出赤子天性，做什么事都自自然然，不忸怩，丝毫没有难为情。

广西稻米如此美味，食指都被烫红了。到处溪流潺潺，将手指浸在寒凉溪流中润润……清澈无垠的溪水无声地流啊流，青荇柔柔，如春风耳语，似《诗经》里生长出的。古老而原始的，门前流水屋后花开的村落，静得无言……

贺州地区饮食最大的特色是清淡，酿菜成了客家人的主打菜系，达百余种之多。作为长寿之乡，除了水好，空气好，可能与当地的清淡饮食犹关。

酿菜，一律清蒸，少油盐，不烹炸，完好保存了食材的营养。似乎什么东西都可做成酿菜：藕酿、笋酿、豆腐酿、苦瓜酿、萝卜酿、辣椒酿、螺蛳酿、瓜花酿……荤素搭配，营养均衡。将藕、萝卜分别切成薄片，中间不断，如两只手掌合拢，再张开，塞上肉糜、香菇丁、荸荠丁；苦瓜瓤被掏空，塞上肉糜，切成一节节，隔水蒸。待所有的一切蒸熟，可入高汤烩一下，上桌。其中，苦瓜酿、笋酿，也可直接当凉菜。

倘若初夏，是可以吃到南瓜花酿的。花萼里塞满肉糜，蒸熟，入锅，高汤烩之，装盘前勾点薄芡……唇齿间定有原野的清气、花朵的芬芳。

相隔两千公里，我在合肥写得唾液翻涌的，精神上的痛苦似又深了一层。就这样吧，等哪天有心情，去淘宝下单一箱正宗的贺州芋头，学做一碗芋头扣肉，聊胜于无。

壬寅年盛夏，我做过一道辣椒酿。买回露天种植的有机辣椒十余只，掏空籽实，将事先拌好的肉糜塞入，以微火炕至辣椒表面焦黄，盛起备用。锅里少量色拉油，加入蒜末葱段煸香，适量滚水，烩入辣椒酿焖煮三两分钟，起锅前勾薄芡。下饭，又美味。

# 小城美食

骤然降温，冻得瑟瑟的，一双手也伸不开。

吃罢午餐，小睡片刻，坐起发呆……此刻，最最想念芜湖小吃——藕粥。倘若下午茶喝上一碗，想必浑身温润。

以往在小城，午觉过后，总是喜欢走到胜利渠菜市吃藕粥。这家粥摊是芜湖最道地的，没有之一。

藕、粥分开煮。一口深不见底铜锅，囫囵煮了几十斤九孔藕。柴火灶，烧粗木棍。一边喝粥，一边可闻炊烟味道。粥由粳米熬成，黏糯，弹牙。江南的藕，煮熟后，铁锈红色，口感沙糯，入嘴即化。一碗粥盛好，自铜锅捞一节藕放砧板，片一节，剁成碎粒，盖在粥上，挖一勺白砂糖，端给你。

寒风中，坐在嘎嘎响的小竹椅上，喝微糯甜香的藕粥，浑身骤暖。这样的藕粥，绵融，滑喉，甜糯。挑一勺粥微微扬起，千丝万缕齐聚，慢慢流淌，仿佛风中丝线。

除了这碗粥，还有腰子饼、春卷、臭干。巷口背风处，随便支一口铁锅，一只煤炉子，半锅菜籽油，将这三样依次投进去炸至焦黄。腰子饼的材料，无非胡萝卜丝、白萝卜丝佐以面糊，搁在猪腰状铁器里塑形，下油锅，炸熟，直接漂起。春卷里包有荠菜、韭菜、肉糜、鸡蛋丝儿。臭干炸得起了孔洞，入嘴，香洌酥脆。小木桌上摆有香醋、水辣椒，随要随取。江南的水辣椒乃独一味，倒入小碟中，腰子饼蘸一点，春卷蘸一点，臭干蘸一点，一丝丝鲜辣于舌上袅袅泅开，犹如寒冬雪地开了一朵茶花，香气依稀可闻。

一年四季，最受女性们欢迎的，当属麻辣烫。每家有每家配方，想必放了罂粟壳的，不然，何以惹人心心念念上瘾成癖呢？按理，人活于世，唯有粥饭吃不厌。但麻辣烫简直是芜湖美食舞台上的旦角，头牌永远是它。我经常吃的是冰冻街上明明家麻辣烫。她家底汤，货真价实由大骨熬成。芜湖人吃麻辣烫，各样食材必备：藕片、土豆片、海带、金针菇、粉丝、芫荽、茼蒿、各种肉类。我最喜欢鸡毛菜、脆皮、鸭血、锅巴这四宝。晌午吃一碗，几乎省了晚饭。

合肥偶尔也有麻辣烫，但，到底缺少芜湖的那份味道，具体也说不好难吃在哪里，就像一个人，平白无故寡素单薄，既不风趣，也无内涵，不值得托付。

一外省读者私信，说自己即将旅行芜湖，让推荐几个地方。实则，全球化趋势下，城市大同，芜湖除了一条风流蕴藉的长江以外，确乎不曾有什么惊艳之处，仅仅向她推荐几款美食：小笼包、煮干丝、炒面皮、粉蒸肉糯米饭、赤豆酒酿、肉丁烧麦、虾皮馄饨、虾籽小刀面、红白鸭子等。

吃小笼包，可去老字号四季春、耿福兴。小笼包之外，再配一碗煮干丝。煮干丝底汤，鸡汤调出来的。白干切细丝，滚水焯去豆腥气，略加烫熟的木耳丝，鸡丝更是少不了，层层码放，堆于碟中，浇一瓢滚开的老鸡汤，黄油漂了一层。一口小笼包，一筷尖煮干丝，皇帝也只能这样子奢靡了。食罢，去镜湖边溜几圈，消消食，再去买菜不迟。要么来一笼渣肉蒸饭——江南人细淡精致，蓝边碗大的一只小篾笼里，千张打底，盖一层糯米饭，饭上铺五六块渣肉，再淋一勺秘制卤汤。

三分肥七分瘦的猪前胛肉文火蒸一夜，入口即烂，糯米饭软糯弹牙，再配一杯甜浆，或者一碗咸豆腐脑，必定铁饱。

炒面皮，也颇煞馋。圆白菜丝、肉丝、青蒜在锅里炒得火焰三尺高，再投入面皮，起锅前，少不了的秘制酱汁。弟弟每次自北京回芜湖办事，早饭肯定要去外面吃炒面，一大盘，哗哗哗，一会儿不见了，过后，吃撑的他坐在食摊发呆。只要回芜，他几乎不在家用餐，一样一样向那些小吃致敬。

冬天这么冷，情绪难免低落。这个时候千万记得要去街上吃一碗赤豆酒酿水籽，汤面上漂着朵朵桂花，碗底赤豆起起落落，细细淡淡的香气自十万八千里来，食毕，浑身暖透，手心微微汗意，再去逛街，一家家小店铺依次走过，顺逆一视，欣戚两忘，生命里不曾有什么放不下的。

炒凉粉集中于二街一带。扁平大铁锅里白汽蒸腾，使劲炒，凉粉薄块炒至焦黄，撒一撮细葱粒、一撮芫荽，最大限度浇上调制好的醋汁，好吃得当街哭起。

新芜路上有一家老凌鸽子汤，至今犹记。一只乳鸽，劈成两半，佐以无数香料药材，分别搁进小砂罐，嘟嘟嘟小火熬五六小时。用筷子将半边鸽子捞起，骨肉迅速分离。每次吃，我都把骨架子嚼嚼碎，吸出骨髓，再吐掉——人生过半，再也不曾遇见过如此美味的鸽子汤。当年，我在新芜路附近上班，前途渺茫，一直陷溺于抑郁之中，寒冬犹剧。无可奈何之际，下楼来，踱去鸽子汤店，点一罐汤，坐那里慢慢喝，手足逐渐暖起来，人也慢慢恢复点元气。说当年的自己穷困潦倒，实不为过，是鸽子汤偶尔搭救了我。

有一年暑假，带孩子回芜探亲。中间琐事耽搁了，已然夜里九点半，等不及天亮，执意前往双桐巷，就为喝一杯赤豆酒酿。有一次，大年二十九回芜，放下行李，直奔冰冻街，吃一碗明明家麻辣烫。

早年，一前同事妹妹远嫁新疆，回芜探亲第一餐一定要吃红鸭子，她妈妈买回一盘。这个妹妹独自一人将半只红鸭子寡口吃下去，然后，默默把甜汤喝得一滴不剩。她妈妈在一旁看着，不停抹泪。小城红鸭子何等美味。

好吃的东西太多，不说也罢——想到而吃不到，更加令人痛苦。

# 食臭

## 臭干

没有哪样食物比得过芜湖臭干这么外陋内秀，却平中见奇。

最受芜湖人青睐的，非臭干莫属，一年四季餐桌上，都有它的身影，季季吃得花样翻新。臭干，分两种质地，一种暄而松软，另一种紧实坚韧。

臭干，也是春日餐桌上的必备菜选。每年春上，芜湖人可做出一桌臭干宴。

青椒炒臭干，也是最下饭的一道平凡菜。挑紧实质地的臭干，切成薄薄长条，过油，炸至焦香，捞起备用。锅底留少许底油，老蒜粒爆香，再入青椒丝，猛火爆炒，临起锅前，烩入臭干，略略翻炒，装盘前，淋少许芝麻油即成。

水芹作为菜蔬界的林黛玉，同样可拿它来配臭干清炒，吃的是一种逸出凡界的冲淡之气。水芹的瓷白，映衬着臭干的墨黑，犹如吴冠中先生的水墨小品，吃到末了，似吃出了文法与诗心。

若水芹是林黛玉，蒌蒿则当仁不让为菜蔬界的妙玉，均是出尘于凡俗的神品菜系，也一样可用它来配臭干同炒。最好是野生蒌蒿，色深味浓，点缀些腊肉，更是锦上添花。腊肉，肥瘦相间，切薄片，煸出油，臭干、蒌蒿混合着一起下锅，烈火烹之，激少许冷水，蒌蒿清脆。腊肉香如陈酿，蒌蒿的香在臭干的调和下，略略变身为米酒般淡香……当窗外柳絮丝丝缕缕，当你一个人端坐桌前，独对一盘刚出锅的蒌蒿臭干，不免有童心长绿恍然一梦感。

每当春雷滚过，春雨如丝，芜湖江滩湿地的野芹便葳蕤一片了，尺余长，秆红叶绿，其秆铮铮，其叶尖尖……清晨，或可散步至江畔，随便拔一把野芹，就势坐于江边择掉须根，回家连叶带秆切成寸段，配以四五块臭干同炒，既能佐粥，又可下酒。野芹药香气浓郁，倘若单独清炒，许多人吃不惯，但，一旦配上臭干，浓郁的药气则清淡了些。臭干当得上五味调和之首，进，可当主角；退，则可成全别物。

等到仲春，马兰头大量上市，又成就了一道凉拌菜——马兰头拌臭干。马兰头在滚水里焯一焯，捞起，过凉开水，保其绿色，将水挤干，切碎；臭干三两块，切成食指大小的方丁，滚水里略略焯烫，祛菌，捞起，过凉白开，与马兰头同拌，佐以适量盐、香醋、芝麻油，即可。用来下酒，胜过花生米或松花蛋，也是早餐喝粥时的搭嘴小菜。马兰头的滋味里，有来自山野的新绿溅溅的朴素，飘逸着吐气如兰的淡淡清香；而臭干的香，则如急行军，隐隐有战马疾驰沃野的莽气，同时将这两样一起放嘴里咀嚼，仿佛一整个春天都被收复于舌尖了。

春深似海，气温骤升骤降，人的胃口一贯不佳，午餐时，芜湖人少不了一锅臭干鸭蛋汤，既解腻，又促进食欲。做汤用的臭干，宜用松软质地的。斜刀，片成薄片，宽油煎至两面焦黄，加开水，待大火滚开，投进去一把鸡毛菜，敲一两个鸭蛋，串个花。讲究点的人家，再搁一小撮瘦肉丝，取其鲜。一碗平凡的汤，咸鲜而美，一边喝着汤，一边将一碗饭也顺便送进了胃囊，百喝不厌。尤其盛夏，芜湖作为长江四大火炉之一（另三大火炉分别是武汉、重庆、南京），免不了的燠热难当。印象里的晌午，蝉于高树嘶鸣，阳光仿佛着了火，地面湿气蒸腾，整个人像是悬浮于笼屉上干蒸，食欲全无，这个时候，桌上倘若有一盘臭干鸭蛋汤，我们如若得到了新生。

一年四季，那种瘦长形圆乎乎的烧煤球的小炉子，惯于被勤快的老人在街头巷口支起来。炉火正旺，上坐一口老式带挂耳的铁锅，半锅菜籽油，滚了又滚。老人脚边摆上三四把小竹椅，一张四方桌，桌上一只筷笼，插一把筷子，其次一壶米醋，一碗水辣椒。一个小食摊子就算摆起来了。乌黑的臭干整齐码放于瓷盆，干子夹层慢慢流泻出珍贵的黑卤，泛着釉一样的亮光，飘浮着微微的臭气，老远闻得见。老人右手拿一双两尺长的竹筷，将臭干一块块，溜着锅边，滑入油中。臭干一开始是下沉的，无数水泡密密麻麻翻滚，俄顷，水分尽失，就都一起漂在了油锅上。油炸臭干，吃要趁热，记得淋上水辣椒，咬一口，咸香扑鼻，尾韵里袅绕一丝丝的辣。水辣椒是皖南的独一味，择新鲜红椒与老蒜瓣、盐同磨成糊状，发酵月余即成。水辣椒确乎当得上臭干的灵魂知己，少了这一味，寡吃臭干，口感上则显得孤独。

二十世纪八十年代末，我执意将外婆从乡下接来芜湖同住。每一个黄昏，当下班，穿过熙来攘往的菜市，我在油炸臭干摊前站定，用小饭盒，带三四块臭干回去，然后，吞咽着唾沫，静静看外婆一块块将它们吃掉，内心充盈着无上幸福，那就是一个十六岁的孩子所以为的，对于外婆的最好报答了。三十年往矣，至今犹记外婆吃臭干时的满足神情。

每次，当我翻开黄宾虹的黄山图卷，便会条件反射想起芜湖臭干的无边墨色，是泼墨大写意，更是怒涛翻卷，比海还要深的墨色，何以成就了这一味永食不厌的恩物？

合肥街头，偶尔也能邂逅长沙臭豆腐，尝过一二，其味比之芜湖臭干，更要猛烈些，口感嫩，没什么嚼头，大约是过多的水气所致。或许，长沙当地的臭豆腐，才最正宗。人的味蕾永远眷恋着青少年时期的食物，芜湖臭干，无以比拟。

# 萝卜糊

在吾乡枞阳，到了深秋，地里萝卜长成，陆续拔出，一担一担挑至圩埂曝晒。黄昏，归拢起来。翌日，摊开继续曝晒。如是三四日，削去萝卜缨子，萝卜囫囵洗净，倒入木盆，加粗粒盐，徒手揉至水出，静置一夜，装坛。坛是陶坛，家家备有四五口，分别腌制萝卜、雪里蕻等，是一家人一整个漫长寒冬的菜式。

吾乡萝卜，圆形，大如婴儿拳头，小如乒乓球。装坛时，为了挤出萝卜之间的空气，需用棒槌夯实。腌制一夜的萝卜，辣腥气消失大半，遍身绵软，经过棒槌的杵压，纷纷变成扁圆形，慢慢地，盐水漫上坛口，隔绝了空气。坛口封一片干荷叶，麻绳扎紧。一坛一坛搬进杂物间，静静发酵。月余，便可食用。掀开坛口荷叶，酸香扑鼻——萝卜原本的洁白如雪，蜕变成一身橙黄，对着日光照一照，透明状，颇似四川灯影牛肉，可照见对面人影。早饭粥时，直接从坛里掏一碗，囫囵咬一块，再喝一口粥，咸淡适中，滋味无匹。

半生倏忽而过，不曾遇见过别地腌萝卜赛过故乡萝卜那么酸香酥脆，堪比樱桃玛瑙，滋味近似。

早年冬天，毕竟像个冬天的样子，大雪一场接一场，河流、池塘纷纷冰冻，北风凛冽，地里唯有几畦青菜，得亏了深秋腌下的三四坛萝卜，陪伴我们一起过冬。

冬去春来，山河解冻，可食蔬菜渐渐多起来，萝卜、雪里蕻等咸菜卸下主角名头。腌萝卜总还剩下一坛半坛的。扔，断然舍不得。盛夏农忙时节，大量农活等着去做，流出的汗，比饮进的水还多，甚至中暑，饭也吃不下，但，农活照旧要干的啊。这时，家里老人忽地想起杂物间那口萝卜坛子——历经三季的腌萝卜，不知不觉有了华丽蜕变，静静涅了槃，已然化身于一坨糊状物，且散发着源远流长的臭味。舀一品碗，淋一点儿菜籽油，搁饭锅蒸，香气奇崛。端一碗饭，饭头上是寡烧的茄子豆角，将萝卜糊抹上，最是吊人食欲。

## 雪菜

吾乡将雪里蕻、萝卜缨子统称为"雪菜"。萝卜腌了，也不能怠慢了雪菜，同样腌上一两坛。翌年春末，雪菜一如萝卜那样涅槃，让乐此不疲的我们从夏享用到冬。雪菜自当初的金黄色逐渐变成黑塌塌，弥漫简淡臭气，闻之，却叫人为之如痴如狂。可不要嫌弃了这一臭味——尤其寒冬，当朔风呼啸，顶风冒雪去镇上，就为买一块豆腐，回来与雪菜同炖。煤油炉，微微一星，吐出淡蓝火焰。豆腐是顶吸味的一种植物蛋白，慢慢地，雪菜难言的滋味以及淡淡臭气一点一点钻入豆腐细孔，雪白的豆腐渐渐被雪菜的乌黑染至褐灰。馋嘴的孩子，总是情不自禁将筷尖戳入豆腐，迅速放进嘴里，烫得来不及咀嚼品尝，一会儿滑入胃囊。

不曾吃过雪菜炖豆腐的童年，确乎是不完美的童年。

有一年盛夏，去乡下采访，小镇政府食堂餐桌上赫然摆了一盆暌隔多年的雪菜豆腐，放在特制瓦钵中隔水蒸透，糊了一点红辣子。

我频繁将这黑白相间的美味抹到白饭上，沉浸于久别重逢的淡淡臭味里，似要热泪盈眶。

## 蒸双臭

去秋，小城绍兴访鲁迅故居，小船坐去沈园转一圈，天色已晚，东道主宴请安排在一家不起眼老店。依次上着清蒸带鱼、醉蟹、河虾等美味。醉蟹，我们内地人实在吃不惯，桌上一名上海人频频叫好，啜了一只又一只，不时抿口黄酒，呷得津津有味……不为所动的我，枯坐静等，总归有那一道菜的。俄顷，果然来了，唤名"蒸双臭"，臭苋菜秆与臭豆腐同蒸。陪同的女孩教会我"苋菜梗"的绍兴方言——汉菜光，"光"字不可拖音，如蜻蜓点水迅速收起。

这道蒸双臭与皖地雪菜炖豆腐同质，食材、做法上略不同，我们用炖，豆腐是新鲜豆腐。绍兴这道菜清蒸，豆腐则是臭豆腐——臭苋菜秆被切得整齐，一节节隐身于臭豆腐中。一道菜讲究色香味。首先视觉上好看，水墨画一样洇开，苋菜秆尚有一点绿意，臭豆腐的白里点染了丝丝缕缕的墨黑。紧接着一阵臭臭香香时隐时现，直接将嗅觉点燃，唾液顿生。又一根苋菜秆直接吮吸，果冻一样的芯子飞一般入喉，容不得仔细体味，瞬间化为无形，不太咸，唇齿间袅绕淡淡香气。吃到后来，忽然思念起白米饭，假若来上一盏，浇上蒸双臭汤汁，哗哗刨下去的快感，胜却人间无数……

当晚，我们吃的是面。宴席尾声，不免伤感，真是一颗农业文明培养起来的胃，纵然受过几十年城市文明洗礼，依然不改纯朴本质，放着一桌山珍海味，偏偏难舍臭汁淘饭，岂能不伤悲？

食物发酵后的淡淡臭味，何以吃到嘴里却又那么香，惹人成瘾？

芜湖臭干、徽州臭鳜鱼、绍兴臭苋菜秆……滋味上的无穷奥妙，确乎博大精深，当真值得为之写一篇哲学论文——何以闻起来臭，吃起来那么香？

# 从蔺草到鸡头米

一

中秋回芜湖，随便在吉和街附近闲逛。每一家售卖螃蟹的商铺门口都堆了一捆草，浅碧色，长及两米，散发淡淡香气，愈近了闻，愈浓烈，让人迷醉，欲罢不能。也不好一直站在原地，久闻这一堆草，就也流连着，一家一家看过去，闻过去。

这是蔺草。如若老友，久别重逢。

江南人心细如发，这些蔺草，想必从老远乡下河边湿地割来的，用来捆绑螃蟹。每家都雇了帮工，客人将螃蟹挑好，放在一旁，非常默契，无须说破，帮工坐在小凳上，取两根草，将螃蟹一只只绑好，动作娴熟，穿针走线一样，一会儿绑好一只，打一个十字结在蟹背上，留一个长扣。末了，再将十余只螃蟹系于一处，让你拎着走……雅而美。

不仅仅是为了美，绑着蔺草蒸熟的螃蟹，额外添了一层植物香气，极大祛除了螃蟹腥气，于嗅觉上更上一层楼，入嘴后的事情，还用提？定居合肥十余年，不曾吃过一只绑着蔺草的螃蟹。大多绑了线绳，或者塑料尼龙绳，颇为粗粝。若不是回小城，根本忘记了还有蔺草这种植物。

如此街头小景，久已失传。夕暮中，目送手拎螃蟹人的背影渐远渐无声，简直动人。

十余年前，桃花开时，芜湖人也是这么拎着五六条长江刀鱼，穿街走巷，慢悠悠回家去，把它们过一遍油，糖醋烩一烩，鱼刺一齐吃下去。穿过鱼嘴的草，并非蔺草，而是普通稻草。春上，蔺草尚未长成。

仲秋之际，蔺草才会散发沁人心脾的香气，渐老，有了筋骨。


二


忽然去天猫下一单沙发席子，蔺草的。想起童年了。

童年的我们，一夜夜睡在蔺草席上，遍布香气，却浑然不觉。人类童年大多在混沌状态，日日为香气所包围，也不晓得珍惜。夜里闷热，蒲扇不可能一直摇，就也睡过去了，一身汗，将碧绿的蔺草席沁得泛黄。

黄昏时，将席子卷起，扛到小河，铺在河面，用塑料小刷子哗啦哗啦刷刷。河水微温，易除汗渍。

蔺草席，起先买回，绿茵茵的，睡得久了，绿色渐褪，慢慢有了人的气息，渐黄。一年年用着，豁了边，起了毛茬，大人找一块花布，抿一抿，穿针走线缝缝，又睡一年。

同样是席子，竹席硌背，易断；蔺草席温软，舒服，不会虫蛀。

忽然想起，村里老人动仙（去世），吾乡风俗，要下一扇门板铺在地上，让老人睡在上面，门板上一定铺有一床蔺草席。

入土后，月余，焚烧纸屋、纸家具给老人享用，到时，将那床蔺草席垫在纸屋下，一并烧给老人。

人一辈子被植物包围，死后，也要跟植物在一起。

# 三

上午，将两菜一汤的食材准备好，坐空调房发呆，忽然想吃一碗糖水鸡头米，最好撒一撮桂花。天气如此溽热，除非客居苏州，才可以享用到这款时令。

鸡头果要选嫩的，剥出的米，色泽淡黄。白水滚开，冰糖、鸡头米加进去，三两分钟，即成。喝一碗，祛湿健脾。

打开天猫，输入"苏州鸡头米"，满屏皆是，一家家，比较过去……转而一想，今年雨水多，阳光欠充沛，鸡头米想必不粉不糯。何必急迫？等等也好，等阳光充足地多照照，再下单不迟。

# 鸡头米

小时，圩里抓田草，或者车水，累了，躺田埂吹吹风，或者到处徜徉徜徉。小河近在咫尺，偶尔可以发现一两株野生芡实，巨大叶片布满芒刺。鸡头果，齐水开花。花朵，梦幻一般的紫。花落，果成，朝上有尖尖的嘴儿，形似鸡头，故名之。

荷衣下河，摸准老根，双手插进淤泥，轻轻捧起，整个一株，拽到岸上，一点点捯饬。鸡头秆浑身芒刺，捏住一头，将皮撕下，入嘴，微咸，生津。鸡头果最难对付——将凉鞋穿起，踩住鸡头果，使巧劲一旋，果皮开裂，露出一粒粒紫红果粒。每一粒果实上均包裹一层外衣，滑腻腻，可食。果实老了，需要放两颗牙之间叩开，微甜而糯。鸡头秆一时吃不掉，带回家，大人拍几瓣老蒜，三两青椒切丝，一齐爆炒，下饭。

小时，不曾想过要用嫩鸡头米煮糖水喝。此等吃法，唯有苏州人想得出，简直和评弹一样精致。

我们不过是粗粝环境中长大的一群。

# 冬日清客

师长馈赠一袋徽州冬笋。

作为冬日四清客（冬笋、蒌蒿、紫菜薹、水芹）之一，冬笋当得起头牌角色，也是吃货们最最心爱的恩物。

不做一道腌笃鲜，何以对得起这一袋远道而来的笋？

翌日，去菜市，黑猪肉铺子前站定，挑一根腌制风干后的猪肋排，再买一刀连带小排的新鲜五花肉，末了，配上半斤大锅烧制的千张结。回家，分别给两种不同性质的肋排焯水，五花切方块，顺便一起洗个热水澡，捞起备用。豪横地挑出四枚壮笋，当笋衣一层层褪尽，露出羊脂玉般笋肉，端坐于瓷碟，一如清供。

笋切滚刀片，凉水下锅，半勺盐，焯一焯，捞起，放水龙头下冲凉，取其酥脆。咸、鲜肋排，连同五花肉，凉水下沙罐，急火攻开，撇去浮沫，少许黄酒去腥，改小火，咕噜咕噜慢炖，大约半小时，倒入笋块、千张结，继续慢炖十余分钟。家里弥漫风干肋排特有的咸香，勾魂摄魄，直捣肺腑肝肠……

咸肋排经过长久煨制的香，排山倒海，汹涌澎湃。这种香，相当暖人，真是对得住这秋往冬至的冷雨天。我站在阳台，望楼下咫尺之隔的一棵柿树，满树巨大叶片在初冬的风雨中摇曳癫狂，心情大好。

食物的特殊香气，何以将一个原本郁郁寡欢的人深深撼动，随时要起飞升天？食物的香气里，是否蕴藏着大量刺激大脑分泌多巴胺的密码？

这么着，一个人的午餐，硬是吃出了海天盛筵的阔绰。所有一切，不过是为着给尊贵的冬笋锦上添花。一道腌笃鲜里，笋当仁不让为绝对主演，咸鲜肋排则是底味的铺垫，好比京戏舞台上的开场锣鼓，一番热闹之后，梅兰芳施施然甩着水袖缓步而出，鸦雀无声中的那个人，多么瑰丽，多么惊艳。

冬笋何尝不是美食界的梅兰芳。大块五花肉，增其润。千张结，助其收汁。骨骼清奇的，唯数笋块——纵然于浓汤里千滚万滚，依然不改羊脂玉本色，反而更添润秀，入嘴，瞬间无渣，微甜爽口，毫无餍足感。

整个一罐汤，呈现牛乳色，是火候到了，有茸茸之感，颇为滑喉。饭罢，舀一碗汤，一饮而尽，脊背一层细汗，伸手可触的满足。

上海人最为钟情腌笃鲜。大多误以为这道菜，为沪上人士发明。实则，腌笃鲜为我们徽州人首创。

徽州多山，多竹，山野人家热爱饲养黑猪。每临年底，将猪宰杀，猪后腿腌起，风干，悬于照壁上，三五年后，享用。

腌笃鲜原创性材料里，最点睛的一笔，当数徽州火腿。

后来，腌笃鲜流传至沪上等地。但，珍贵的徽州火腿，何曾手到擒来过？只好退求其次，以咸肉、咸猪手、咸肋排取代，不承想，照样鲜美无匹。

有一年，朋友赠与一块徽州三年陈腿，做出过一道别样腌笃鲜。徽州火腿的香，温柔敦厚，如佳酿，如醪糟，香气里杂糅着似有若无的陈年酒气，像从很远的地方跋涉过来的，袅袅娜娜，颇为润喉。

我家这锅有咸肋排参与的腌笃鲜，笋片、千张结被悉数食尽，肋排也逐一啃掉，唯余半罐白汤，存入冰箱。翌日，将菠菜、茼蒿、秀珍菇等，一齐下进陈汤里涮涮，吃了。明知隔夜荤汤不健康，但，到底弃之可惜。

冰箱尚存四枚壮笋。每开冰箱门拿东放西的，这几枚笋急急扑入眼帘，刺激我不停琢磨，接下来，该怎样更好地享用它们。

何不再来一道小排焖笋：新鲜黑猪肋排两根，将笋滚刀切小块。焯水后的小排，以姜片、京葱段爆香，加开水，中火烀，起锅前半小时烩入笋块，吃其嫩脆。

每年冬天，厨房经济这一领域，势必投入大量资金于冬笋这一项。鸡汤里，放两三枚笋同炖，喝起来，不上火。笋是寒物，既解了鸡汤的腻，又消了鸡肉火气。炖鸡汤，最好用矿泉水，鸡肉微甜，笋更甜润。炖鸭汤，如出一辙，笋吸掉重油，顺便解腻。

冬天深了，腊肉晒好，可享用另一美味——腊肉蒸笋片。腊肉要选用那种肥瘦各半的五花，切薄片，笋亦薄片，一层腊肉覆一层笋，干蒸，扑鼻的香，下酒，亦下饭。也可用咸鸭干蒸笋片。

笋是清客，可与一切菜式搭配。

四川、贵州、广西等地盛产酸笋，泡的想必是春笋吧。气温回升，春笋产量高，价贱，一时吃不掉，拿来浸于百年老卤中。

冬笋产量少极，价格居高不下。逛菜市的我，一边搓着手哈气，一边拿三四枚笋放秤上称重，虚空里总有我妈妈的身影闪回。但凡买回价格昂贵的菜式，她总要规劝：孩子啊，过日子要细水长流，不能大手大脚不知节俭，这笋子又有什么好吃的呢，跟肉一样贵……就在她唠叨的间隙，一道油焖笋已被我烹熟了。

宁可少吃一餐肉，也不能没有几枚笋。

当大雪纷飞……你来我家，什么也不必提，拎几枚笋就好。

# 故乡的年

在我的童年记忆里，大约腊月中旬的样子，村里开始杀猪。

我们村有一位杀猪师傅，每家杀猪，必请他。没有人比他威武——一身油亮亮的黑皮衣，扛着腰子桶、长条杀猪凳，以及大小几十把刀具颠颠地来了。先坐门口抽根烟，喝几口水，定定神气。

一头两三百斤的黑猪，四五个壮力奋力逮住，脸红脖子粗地抬到长条凳上，有人摁腿，有人拽住猪耳，让号叫的猪，头颈悬坠于杀猪凳下，杀猪师傅一个箭步上前，左脚踩在凳上，左手紧拽住猪脖鬃毛，右手持一长刀，一下捅进猪喉，使劲绞一绞，抽刀，鲜血喷涌而出，如开闸泄洪，血流如注，持续十余分钟，血水方歇，半木盆之多——吾乡称猪血叫"猪晃"。

小船一样大的腰子桶里，储备大半桶热气腾空的开水，将断气的黑猪浸泡于开水中，煺毛。一头黑猪一生中唯一一次洗了热水澡，白白净净呈现目前，横陈于案板，四仰八叉中，杀猪师傅分别从它四只蹄子罅隙处戳一小口，拿一根钢筋样的圆形铁棍自小口处捅进，扩开皮肉夹层，以便用嘴吹气。不多久，原本干瘪的一头猪变得肿胀而肥白（体形鼓胀便于刮毛），一只尖利的弧形铁铲被杀猪师傅双手握住，于白晃晃的猪身来回游走，发出噗噗之声。待所有毛茬煺尽，这头猪被一只巨大的铁钩勾起，悬空于木梯，开膛破肚。随着一把尖刀自上而下游走，一霎时，一头猪剖成两爿，心肠肝肺等内脏匍匐而下，袅袅娜娜里，一种动物的腥臭之气扑面而来。

猪肝，切薄片，直接下在清水里氽着吃，出锅前撒一撮香葱，香而糯。猪肺洗净，可做心肺汤，鲜极。猪肠是好东西，杀猪师傅擅于拾缀。变魔术一样，一会儿工夫将整副软塌塌滑溜溜的大肠翻转过来，略微在猪桶的水里涮涮，依次盘成直径一尺长的圆圈，拦中拴一根草绳，打个活结，挂在墙上，接下来的深加工，则由当家主妇完成。

在吾乡，猪大肠最有吃头。洗净，灌入糯米，束成一节一节。肠内糯米不能杵紧，预留一些空间，略微灌点水，糯米炖熟后会膨胀，将大肠撑得发亮。灌好糯米的肠衣，拦中大约剪成尺把长，两头以麻线绳扎紧。白铁锅里的水滚开，大肠下进去，清炖。是燃烧蜂窝煤的那种炉子，急火燎开，炉门封上，留一丝风口，文火慢炖，大抵两小时即成。

糯米大肠的口感，滑嫩，黏牙，软糯，人间至味。肠衣，脆韧滑爽。糯米饭，软硬适中，越嚼越香。

三十多年往矣，再未享用过糯米肠。

二十世纪八十年代初，年关杀一头猪，大约是一座村庄唯一的重头戏。每逢杀猪，男孩们最亢奋——他们可以得到一只猪尿脬。原本拳头大的一个容器，不停往里吹气，直至饱胀成一个巨大球体，通体雪白，它在孩子们脚下滚来滚去，嘭嘭嘭，可当足球，踢上一个春节，也不会爆掉。

彼时，一座千人村庄，过年杀一两头猪，了不得，大多为着办喜事娶媳妇之需——半爿猪作彩礼。猪身贴满红纸，横躺于稻箩，挑到女方家。余下半爿猪，自家办酒席。吾乡结婚的日子，大多选在腊月或正月，岁尾年头，喜上加喜。也有酷夏娶媳妇的——那是不得已，姑娘有了身孕，等不及腊月了。夏天里，村里来新娘子，总觉得缺少一点儿氛围，纵然猪也杀了，宴席也摆了，总是仓促潦草，不比腊月正月那么隆重喜庆。夏天嫁过来的新娘子，眉宇间总有一种失根漂泊的忧虑，一副忧心忡忡的模样，似不太快乐。

纵然每家每年都会喂养一头猪，到年末，又还是一路牵着哄着，送去镇上收购站。换一些钞票，积攒起来，无非盖屋，娶媳妇，来年开春的化肥钱，也得从中支取。

鸡鸭鹅，倒是有的。临年关，宰几只，孝敬老人，大人也才舍得喝一碗汤。

童年腊月，晴天多。

一只肥鹅，杀了，沥干血，投于稻箩，坐门前明晃晃的日光下，专注拔毛，一点也不急躁。腊月里，连风似也变得温存，吹得轻一点，再轻一点，不至于将鹅毛吹到天上。一只大肥鹅的毛，拔一上午，也拔不完，拔着拔着，到了中饭时间，拍拍手上鹅绒，将鹅丢在稻箩，回堂屋吃饭。吃罢，接着拔。拔完大毛，尚有深嵌于皮下的毛桩子，需一把小镊子，一根根夹出。拔鹅毛桩子，真是一场禅修，急不得，一根一根，慢慢夹住，轻轻提出。一只平白无辜大鹅，一生都是吃稻子青草的，煺光毛的鹅，皮下遍布黄色脂肪，娇艳好看。煺了毛的鸡鸭，一样样娇黄欲滴，拎到河边，剖肚，洗净，挂在结满冰锥的屋檐下，等年三十晚上，一起煨炖出来。

初一早晨，下一锅齁死人的挂面，扯一只鸡腿放在品碗里，再放五香蛋、糯米圆子若干，上头盖一筷头挂面，热腾腾端给隔壁单过的爷爷、奶奶，或者堂爷爷、堂奶奶。年初二，小孩子照例去给外公外婆拜年，拎一包挂面、两条方片糕、一斤肉、一斤红糖等什物，走四五里路，被外婆接到，尚不及中饭时间，她便又去到灶房，旋即端出一碗鸡腿面。小孩子总是年饱，岂能吃得下？顶多喝几口面水，吃一个黑黝黝的五香蛋，甚至看见鸡腿，只觉油腻。一只常年被白菜萝卜填充的寡瘦的胃，何以禁得起突然到来的荤腥？如今，日日茹荤，一只胃也不觉什么，许是锻炼出来了。

年月往复不绝，如今二十一世纪了，也不知吾乡可还保留了年三十黄昏，家家宴请菩萨的古老风俗？并非封建迷信，而是新旧交叠的仪式，更是一份对于天地自然的敬畏。

三碗菜摆在篾篮里，拎至野外。村前，纵横一条高耸圩埂，大多人家将宴请地址，选在圩埂背风处。

一只整鸡，是一碗。另一碗，五花肉红烧豆腐果。整块四方形五花肉，又是一碗。这些大荤，穷乏年代里的我们平素看也看不见的。

鸡，是公鸡，略略于开水里焯一焯，迅速定型，捞起，于鸡脖处奇巧地插一根火柴杆般细小竹签，令鸡头微微昂起——整只鸡赤身裸体端坐于碗中，随时要起飞打鸣的活灵活现。四四方方一块五花肉同样滚水里焯一两分钟，原先松垮的肉，即刻端正起来，搁在碗中，仪态万方。再取五花肉一块，切至麻将大小，锅里煸出油，烩入豆腐果爆炒，盛起装碗。

三碗大荤，一字形搁在地上，再斟三杯白酒。拿出折叠至扇形的黄表纸，分成三堆。划一根火柴，火焰明黄，黄表纸燃烧之后的灰烬，笔直往天上飘，将一挂小爆竹丢在火堆里，噼里啪啦一阵脆响。末了，将三杯酒倾洒于草地，大人、小孩一齐向虚空中的神仙磕头。

乡村广大空旷无垠，村庄四周，此起彼伏的鞭炮声，映衬得人世虚静庄严——各路神仙端坐于天庭，默默打量这极富仪式感的人间。

宴请完外面的神仙，回家继续用这三碗荤菜，给自家祖先用膳，我们方可吃上年夜饭。

年三十的夜，渐渐黑下来，我们姐弟仨跪在堂屋，给虚空中的先辈们磕头。妈妈喃喃自语：老祖宗保佑孩子们通通泰泰的哦。

年年如此。

初一早饭前，三碗白粥，三双筷子，依次摆在桌上，意即，祖宗先吃。过一小会儿，白粥撤下，倒入猪槽，我们方能吃早饭。盛粥、摆粥、撤粥，都由我来做，谦恭有礼，庄重无言，丝毫不觉无聊烦琐，有所依有所信的一派虔诚，也是过年仪式感的组成部分。

那些年，我父亲总是缺席，供职于长江轮船航运公司的他过年难得回家。他们的轮船年三十，或泊于上海，或停靠于武汉、芜湖……他是给船员做思想工作的政委，必须起带头表率作用，不能擅自离岗，他手下的几十名同事，倒可轮流回家过年。

别家出去宴请菩萨，一律由爸爸带着家里的男孩，女孩极少参与。唯有我们家，年年由妈妈领着我们一起去。妈妈一次次耐心地教年幼的弟弟划亮火柴，给黄表纸点上火。平素，她都是警告我们不要玩火，说玩火的小孩晚上一定尿床。我至今还记得这件事。

时代翻至二十一世纪，有一年清明节，父母欲回老家上坟，我们开车将其送回。清明节前一日，父亲将叔伯们的意愿传达与我：你就不要去坟上了，家族里的孙女辈、重孙女辈，去坟上不吉利……

当夜，我与母亲拔脚去了小姨家。翌日，小姨准备了三碗荤菜，我们去给外公外婆上坟。

小姨也说，清明节是儿孙们给亲人上坟的。到了冬至，才是女儿回娘家上坟送寒衣。庆幸舅妈早已跟着表弟定居城里——她若在乡下，得知清明节我们去给外公外婆上坟，想必气坏了吧。

这些风俗，随着年岁的痴长，渐要忘却。每临春节，执意在心里过一遍，仿佛重回童年，得到一颗糖，一直含在舌上，舍不得咀嚼——有一种甜，丝丝入扣，如圣光普照，它一定来自天上。

# 故乡时令

一次，在文章里惆怅了一句，许多年不曾吃到红菱了。被留在故乡工作的初中同学看见，立即快递了来。

她当真舍得，整整一箱故乡时令，挤得满满当当，红艳艳的菱角、绿扑扑的莲蓬、象牙白的菱角米……一样样往外拿，末了，竟翻出一袋吾乡中秋特产——糍粑。那一刻，惊喜交加，泪水快要打转转……

还有什么，比得过年少时的伙伴那么赤诚？

三十余年，不曾吃到过糍粑，我的童年又山长水远地来到目前。

在吾乡，每当仲春油菜收割后，田间放水，老牛牵过来，犁犁耙耙，转眼成为单季晚稻的温床。除了栽插大面积的粳稻以外，每家不忘分出一块田，种植糯稻，单单为了中秋可以吃上糍粑。

我一向对中秋怀有难以言说的感情，大抵是味蕾的一次次复苏吧。童年记忆里，除了过年，数中秋最为热闹。

当日，吃过中午饭，主妇们忙碌起来了——水桶里浸泡一宿的糯米，滗去水，用葫芦瓢，一瓢一瓢舀到木甑中，放进大铁锅，隔水蒸。粗柴引燃，火舌袅绕，半小时光景，米香扑鼻……我们小孩无须大人提醒，早早心思敏捷地拿一只小木凳蹦出家门，去地臼旁排队。

村里相邻十余家，共用一个地臼。

所谓地臼，是一种专门用来打磨食物的石器。将巨大的一块青石，凿空成锥形，上敞下束，一半埋入地下，搭配一只石锤。大多时间，它都荒在户外，风吹雨淋的，时时积着一汪水。谁家若用它，挑一担水来，好好把它清洗清洗。

秋风顿凉，便是利用地臼频繁之时。

高粱、荞麦相继成熟，一起割了，晒几个日头，脱粒，倒入地臼，碾去粗皮，这样蒸出的高粱粑粑、荞麦粑粑，口感温润些，不再那么刮喉。

七月半，每家都要舂几斗籼米粉，搓芝麻白糖馅的炒粉圆子。黄昏时，拎三碟，去圩埂背风处，摆摆好，炸一鞭小爆竹，烧几刀黄表纸，算是宴请了虚空中的各路神仙……

过完七月半，又是中秋，地臼前更见忙碌了——虽说是穷乏的二十世纪七八十年代，但一村千余人口，没有谁在中秋当日吃不上一块糍粑。

糯米蒸透，温在灶上……我频频回家向妈妈禀告排位顺序。

临到我家，妈妈将糯米饭倒入脸盆，端出，倒入地凼，一锤一锤地舂擂。新打的糯米，饶有黏劲，将石锤缠得举不起。我蹲在一旁，趁她举锤刹那，飞速地抹一点凉开水到锤尖上，这样擂起来轻松多了，直至所有米粒变成糊状，拿回家，铺在木桌上，擀平，菜刀左右纵横，切成一块块。黑芝麻早已炒香剁碎，切好的糍粑逐个放进芝麻碎中打个滚，一块块，乌油油的黑炭一般，被整齐码放于竹篮，吊于房梁高处……

深秋的穿堂风，呜呜呜地吹，一日日地，半篮糍粑逐渐地干索索的了。日后，以菜籽油，煎至两面焦脆，佐早饭粥，最佳。被秋风扫成石头一样硬的糍粑，迅速于锅底华丽转身，迅速鼓起油泡泡，身段一会儿软塌下来，火不停歇，继续煎，直至表面焦香泛黄，盛起。讲究的人家，趁热撒一撮白糖，一口咬下，嘎嘣有声，糯米的香、芝麻的香相互交织，到末了，糯米白芯子的软糯，可牵出老长的丝。

大人总是规劝我们，小孩胃口弱，糯米食不能吃多，会伤食。最多，我们仅仅品尝一两块而已，小手巴掌那么大。

每年过到正月十五，都要吃汤圆的。吾乡汤圆，大而粗壮，如拳头，如秋柿。因为不好消化，大人同样给予我们不能食多的告诫……

无论中秋，抑或正月十五，面对难以消化的糯米食，哪个小孩子没有急迫长大的心？这个世上，所有孩子都嫌日子过得太慢吧。可是每年中秋，当大人们舂捣着糍粑时，总是满腹忧伤，叹一口气，碎叨叨一句：年怕中秋月怕半，一年滑一下到头了。另一大人以同样忧伤的情绪回应一句：哪不讲呢，日子真不禁过。

年幼的我百思不得其解，过节这么快乐的事，大人哪来的忧惧之心？

孩子的眼界里，这日子明明过得太慢太慢，况且一年仅仅一个中秋，终于艰难地盼来了，你们大人反而叹息时间太快？实在没道理。

到底，孩子与大人的心意不能相通。

如今，我到底活到当年婶娘叔伯的岁数，一样慨叹日子不禁过。无非我也老了？三十年，恍惚一瞬——皱纹频生；做起事情来，力不从心。颈椎、腰椎、肩周频出故障——是生命的烛焰渐萎，加深着对于时间流逝的忧惧。

午餐，清炒一盘菱角米，搭配一碟鸡毛菜，挖了一勺米饭，静静吃下去。转头将这珍贵的糍粑分成两份，一份放冷冻室，准备几天后带回芜湖，给两位老人品尝品尝。

当我拿出冻得硌楞楞的糍粑，我爸的眼睛想必会亮一下。毕竟老人家五十余年，不曾吃到这小小的恩物了。

# 咸豆渣

这些年，去过不少地方，西南边陲，燕赵之地，确乎享用过不少美食。印象深的，成都的鹅肠、荞麦面，普洱的木瓜凉粉，深圳的椰子鸡、九转肠，贺州的芋头，柳州的白斩鸡，大理的海菜，正定的牛肉烧麦……吃过了便也吃过了，并未有过什么难以放下的辗转。

真正难忘的，倒是童年里与外婆一起吃过的平凡食物。

顿顿早餐，离不开喝粥。用来佐粥的佳偶，非豆渣莫属。常常，我去菜市售卖豆制品的人家讨要一点儿豆渣。旁人见我如获至宝的样子，不免咋舌，如此廉价的东西有什么吃头？

锅烧热，倒入豆渣，小火慢焙，不停翻炒，十几分钟左右，豆腥气散去，雪白的豆渣变得微黄，豆香气弥漫，关火，盛起，备用。净锅，倒入重油，丢一小把青花椒煸香，捞出，弃之。再入蒜粒、姜粒、葱粒煸香，加入豆渣。事先将盐、老抽调入适量白开水中，沿着锅沿缓缓倒入。若有水辣椒更好，直接挖三四勺进去，盐也一并省略。

早餐粥煮稀点，拌上豆渣，微温，稀溜溜，一气喝下，简直人间小温。大抵母子连心，孩子同样喜食豆渣。

这些炒豆渣的步骤，是五六岁的我跟着外婆默默学会的。彼时烧大灶，外婆站在灶台前操着锅铲焙豆渣，我或许自觉地坐到锅洞前，帮她塞一只稻草把。

除了炒豆渣，外婆还有一道腌豆渣。童年的我，看她一回回蹲在杂物间，从一口黑釉坛里掏一碗腌豆渣，淋上菜籽油，搁饭锅蒸。发酵后的咸豆渣吃进嘴里，豆香冲天，一派沙沙糯糯。早晨喝粥，我们吃这一碗咸豆渣。中午吃饭，同样也要端出这碗咸豆渣……清贫的日子在这一碗咸豆渣里变得庄严。

二十世纪七十年代，注定是一个贫瘠时代。一碗咸豆渣的美味，始终流淌在一个幼童的血液里，不能说忘就忘。

如今，我妈到了外婆当时的年纪。罹患高血压的她，一嘴牙脱落三分之二，牙根不能拔除，无法安装假牙。除了鱼、肉丸子、豆腐、豆腐乳、咸鸭蛋、瓠子等，她连青菜也嚼不动了，可怜得很。我常常炒豆渣给她佐粥。

我一直延续着童年用豆渣拌粥的习惯。每次，总是吩咐我妈将早餐粥煮稀点。若是黏稠的粥，拌上豆渣，未免挂喉，喝起来，不太顺畅。我胃口小，一碗粥便饱。午餐只有我们娘儿俩同食——妈妈每次前来小居，总要勾起我的童年回忆，难免不触景生情。一次，正吃着豆渣的我自言自语：外婆的咸豆渣也不知怎么腌的，怎么那么好吃……我妈一语道破天机：要将生豆渣全部焙熟，再腌，才不会烂。

每临腊月，外婆一定要做一盆豆腐。浸泡好的黄豆，用石磨磨出豆浆，用布袋滤出豆渣。豆浆倒入大锅烧滚，掺入适量熟石膏，将豆浆舀进大木盆，冷却后的豆浆，慢慢变身为豆腐。亦可用纱布将豆腐裹了，放在青石下压扁压实，一层一层叠放，黄浆水汩汩而下，大约一夜工夫，豆干、千张则成。

豆渣堆得小山似的。将这些海量豆渣一锅锅焙熟，何等辛苦。

这些年，游走于祖国各地的我，享用珍馐无数。每次面对海天盛宴，不免遗恨：外婆若在就好了。三文鱼在日本酱油里滚过，一片片递到她嘴里。澳洲龙虾剥了，白炽炽的肉身透鲜透甜。鱼翅捞饭茸茸爽滑，无须咀嚼，她值得吃下一碗……

可是，外婆不在了。我吃过的无数美食，她不曾享用过。一生都在吃咸豆渣的她，唯一遗传给我多虑多忧的心性。吃过豆渣的童年，一次次重来，在我心底翻江倒海，难以平复。

# 秋养气

漫长的苦夏终于过去了。夜里散步，看着山坡上一丛丛被晒至焦枯的荒草，依然心有余悸。过到处暑，才算真正入秋，比往年多热了半个月。不说人受不了，连高大乔木的叶子也被热枯了，不再秋色斑斓。

苦夏最耗人的阳气，唯有秋凉，才能一点点补回。

中医一贯主张——秋食酸。

酸性食物，既促消化，又养胃。先将胃调理好，才能更好地摄取食物的养分。早起第一件事，照旧切几片柠檬，浸泡于五六十摄氏度的温开水中，兑一勺蜂蜜，空腹喝下。这简单的一杯水，仿佛给一天定下了舒缓的基调，也算养了气。

山楂，应时地红了。在网上学来一道佐粥小食——山楂薄饼。

新鲜山楂五六颗，去核，洗净，加适量水、白糖同煮，至山楂变软，汤汁浓稠，冷却后，加面粉、酵母，调成面糊，静置发酵二十分钟左右，放平底锅内，小火烙成一张张薄饼，口感酸甜、松软，晚餐搭配一碗小米粥喝，减脂，又清胃肠。

冰箱里冻藏着入夏时节买回的一只宁夏滩羊前腿，惧于整个酷夏的暑热，一直没敢动它。等到秋凉，正是好时候。剁成小块，焯水，入砂罐，只加陈皮、肉桂两样佐料，猛火煮开，小火慢炖一小时，待汤汁牛乳一样洁白时，捞起肉块，素油干煸至焦香，起锅前撒一撮孜然粉，食欲暴动，一口一口，韧而酥脆，满嘴芬芳。

羊汤喝起来黏嘴，最是宽慰心怀。或者用来下面，碗头上撒一大把香菜，稀溜溜地，一路落入胃囊，一头汗，逼出体内浸了一夏空调的寒湿，真切感受着胃的复苏，犹如阳气上升万木回春。

隔壁小区新开一家美食店，来自贵州水城的羊肉粉。店里一款肚包肉，令人垂涎。所谓肚包肉，即，将羊肉塞满羊肚，羊汤中煮熟，切片，不失为一道养胃佳品。

前阵，我着魔般频频光顾。一次外出早餐，明明打算一杯豆浆一个菜包果腹的，不巧走到这家羊粉店前，倏忽一阵油炸辣子的酥香，双脚不听使唤地直接拐了进去，要了一碗素汤粉。

除了羊汤，鱼汤也是秋日一绝。

野生鲫鱼两条，一斤多的样子，菜籽油煎至两面橙黄，再挑一丢丢猪油增香，热水没过鱼身，大火攻开，小火慢熬，待汤色乳白，加入若干大灶豆腐。鱼汤生火，豆腐性寒，寒、火中和，去了燥气，身体便温润了。

豆腐吃厌了，还可加白萝卜丝。若有鱼丸，原汤煮原味，更佳。

某顿午餐汤品，一道沙煲鲫鱼豆腐汤。小孩放学回家，先汤后饭。半碗饮尽，食神般评价：今天的汤没有上次的浓，也没有上次的鲜。我纳闷了好一会儿，不得其解，后恍然有悟，概因上次顺手丢进去几块猪脊骨而已。

小孩的味蕾何等刁钻，仅仅少了一味猪脊骨的鲜，他也能捕捉到。

秋燥还是有一些的。喜欢去超市挑几节长途跋涉来的藕，湖北洪湖的粉糯品种，藕节瘦长，九孔多丝，外皮斑点密布，外观上确乎不曾夺目。但，这世间，真正的宝藏，多呈现出粗朴外表——它们将毕生心力都注入了内涵之中。

削皮，洗净，滚刀切，与猪脊骨一起入砂罐同煨。纵然不加盐，也可以吃下一碗藕块。

微信圈里，浙江的朋友晒出一碟家常小菜——素炒菱角米。望着那一颗颗冒着油泡泡的闪闪亮的乌紫色小精灵，不禁咽下一连串唾沫。

我生活的这座城市，地处江淮之间，少水系，每一年的秋意里，总是日甚一日地少了那份江南的温润。吃菱角米，要到河流蜿蜒的江南。

有一年应邀去金华，每一餐，都见碧绿的荷叶托着小山似的新鲜莲子以及佳人般的红菱，刚自水中摘来的，带着簇新的河流气息。

去年中秋前夕，回小城芜湖，居一夜。早起，去菜市闲逛。我喜欢看人剥菱角。

一木盆红菱，堆得满天满地。卖菱大姐手握菜刀，以巧劲将菱角斩一豁口，聚集成堆……弃刀一边，徒手一颗颗掰开。菱角米色呈象牙白，生食，咔嚓有声，甜丝丝，生津。

隔着一木盆红菱，我俩各蹲一边，拉着家常。间或她盛情递几颗与我。末了，太阳升得高了，我们在秋风里挥别，仿佛一整个河流的气息，皆横陈于我的体内。

老菱亦可煲荤汤。菱藕同质，煲出的汤汁，乌嘟嘟，润肺，养气。

许多年，不曾吃到菱角了，难免气弱。孟子言：吾养吾浩然之气。孟子的故乡在山东邹城，那里想必河流湖泊纵横，多食红菱、白藕，浩然之气自然储养起来了。

早晨在菜市，买了半包糖炒迁西栗子。拿回家，依然微温。吃栗子，要趁热，糯、粉、甜，近乎噎人，抿几口柠檬水。闲坐沙发，吃一把栗子，望望窗外苍灰的天，身体确乎受了神启般回了阳，一颗心安定下来。

栗子，也是补气佳品。适合小仔鸡配它来烧。

菜市有一摊位，专售谷饲料喂养的小仔鸡。小鸡们褪了毛，一只只，斤余，瘦而柴，遍身霭黄。菜籽油煸香老姜片、京葱段，加鸡块爆炒，老抽上色，加开水，烩入栗子，中火焖煮。鸡肉韧而紧实，耐嚼，栗子软糯香甜。

每做这道菜，小孩额外请求多留汤汁。盛饭，他不用碗，改用白碟。将米饭垒于半边碟中，空出另一边，放鸡块栗子，最后让我亲自浇几勺热汤汁于饭上，称之为"鸡肉栗子盖浇饭"。

我一向是"中年向老"的心境，不比孩子，如此炽热新鲜地爱着这个世界，连吃一顿简餐，都有着节外生枝的仪式感。

单位门前，四株银杏。十余年来，默生默长，到如今冠盖如云。唯有一株母树，今年出奇般白果累累，简直几何数级，直抵千万亿颗星辰那样繁密。上下班，每至树下，实在叹为观止。

再吹一阵秋风，白果熟透，可以用来煲一罐乌鸡汤了。

居家附近，有一爿东北人开的小食店。每每黄昏，门口喇叭准时响起招徕食客的段子，是温柔纤细的女声，四季不绝：

舒服不如倒着，好吃不如饺子。饺子就酒，越喝越有。

人比黄花瘦，来碗锅包肉。

君问归期未有期，东北蘑菇炖小鸡……

近年，散步经过，背得滚瓜烂熟。这暖人的市井贯口，粗朴，接地气，杂糅着上古的音韵之美。《诗经》《古诗十九首》怎么来的，何尝不是来自最底层的民间。

说不清为什么，秋天，总是令人忧伤……唯有美食，养人，暖人。

# 暖老温贫滋味

## 芋头

小时候吃过茨菇，不曾见过芋头。

有一年出差贺州，餐餐有芋头，切厚片，与粉蒸肉同蒸，芋头比肉好吃。

贺州田畈遍布芋头，正值春分时节，芋头初出苗，一片两片绿叶子，伶俜可爱。

自此，喜欢上芋头。内地菜场也有，但，味道差强人意。改成网购，从荔浦芋头开始。椰子那么大个儿，椭圆形。削皮，对切，横切面露出紫筋，颇为惊艳。

大味至简。采取最朴素的吃法，切条，清蒸，蘸糖吃。

芋头太大，一时吃不掉，用保鲜膜裹好，存冰箱，多日不腐。

有一次炖大白菜，水放多了，没有法子补救，想起冰箱里剩下的芋头，滚刀切，一齐丢进熬煮，起锅收汁，刚刚好。口感并非一般的好。

福州有一道名点——太极芋泥，用的是当地槟榔芋头，加糖、猪油熬制而成。吃它要趁热，才能品出风味。

最近，新开发一道芋头烧鸡。买到一只散养跑步小仔鸡。抚摸它橙黄的皮下脂肪，深觉好食材难得，做它来吃，要有敬畏心。如何烹饪？往年非栗子烧鸡，便是毛豆米烧鸡，数年不变的平庸无创新。这次，何不联袂芋头？

姜、蒜、京葱段煸香，烩入鸡块爆炒，用来自四川泸州先市镇出产的无添加酱油增色，加水煮十余分钟，再加入切成滚刀块的荔浦芋头，继续焖煮，起锅前大火收汁。照样老习惯，孩子嗜荤吃肉，我茹素爱芋头。原本质朴无华的芋头，吸饱了鸡肉汁，甘甜软糯之余，添了别一层香气。

芋头属粗粮，久吃，有减重效果。每次吃完芋头，翌日一大早跳上电子秤，确乎轻了0.25公斤。

如是，煲大骨汤，放铁棍山药之余，总要削几大块芋头丢进。火候要掌握好，芋头炖久烂成泥，毁了一锅清汤。要站在厨房等，不时拿根筷子戳戳，软乎了立即捞起，吃掉，抵饱，可少摄入米饭碳水，又减了重。

等天再冷点，可以熬煮桂花芋头红豆沙了。

年岁愈长，愈嗜好甜食——莫非灵魂上吃过的苦太多，肉体无法承受，必须以甘甜弥补一下？

红豆沙，不能偷懒买超市成品，有一股焦煳味，得自己熬，豆皮撇去。芋头切丁，越小越好，熬到与豆沙水乳交融境地，喝进嘴，茸茸一片，香甜软糯，补气血。

一生礼佛的王维，一直保持着槛外人的清虚形象，写尽山水自然，甚或连写食，也绝了烟火气：香饭青菰米，嘉蔬紫芋羹。讲的是自己有一次游感化寺，吃到了如此美好食物。

菰米饭，我也曾吃过，确乎非一般的美味。紫芋羹还不曾享用到，偶尔夏天吃一只香芋冰激凌，紫茵茵的，视觉上已经梦幻美好了。

陆游更绝，将板栗、芋头的美味上升至熊掌高度：烹栗煨芋魁，味美敌熊蹯。

一次，看美食纪录片，说到江苏兴化的垛田，一对夫妇临水种植四五亩芋头，像养育婴儿那样披星戴月照管着，成熟后的芋头全部销往上海。

是一个秋日黄昏，夫妇俩给芋头浇了一遍水后，疲惫的丈夫大方地挖几棵芋头带回家打牙祭。妻子麻利地清洗削皮切成大块，与陈年腊肉同炒。是乡下那种烧柴火的大灶，烈火噼里啪啦，妻子挥铲煸香腊肉，一股脑儿把芋头下进去，加水焖煮……全程行云流水一气呵成。

俄顷，天上星星出，夫妇俩双双端起饭碗，坐屋外石桌旁享用……隔着屏幕的我，看着两人碗头上盖着的滋滋冒油的腊肉芋头，仿佛闻着了香气，唾液翻涌。

# 干煎鳕鱼

壬寅年炎夏热旱漫长，小区高大乔木枯了一批又一批，挂点滴都不曾抢救过来。何况人？身体都虚着，临近深秋，应该补一补。

以往小孩早餐老三样，蛋奶面包稀粥炒饭。虚弱的他跑步，全班男生倒数第一，跳绳始终不达标。若想从根上解决难题，必须自饮食下手。

自秋天始，改为西餐喂养。牛排、肉肠、鳕鱼、煎蛋、奶，有时加一块黄油面包。

如常喝粥的我，一次被鳕鱼散发的奶香气吸引，放下家长权威，主动讨要一小块蒜瓣肉品尝。当真石破天惊——原来，深海鳕鱼如此美味，前半生白活了，简直是。

那么，我是不是也要摄取点营养？从此，在每个早晨，我也能得到一块尊贵的鳕鱼。我起得比孩子晚些，等坐上饭桌，他已上学，碟子里唯余一块残破的鳕鱼。

何以千疮百孔？鳕鱼边缘全被孩子挖掉了。我兑点热水微波炉叮几秒，趁热撒点儿孜然粉，三口两口吞下。

鳕鱼四五百一斤，长此以往确乎费钱。某日逛超市，遇见日本三文鱼柳打折，买了一批，准备以此替换掉鳕鱼，反正二者营养价值相当。

一样干煎了，可惜最终进了我的嘴。说是三文鱼没有鳕鱼口感好，拒食。○○后这一代，从不曾亏待过自己。

那批三文鱼食毕，我照样跟食鳕鱼。留给我的那一块，依旧被叉得千疮百孔。一次，我提议家属，一次煎三块鳕鱼吧，○○后两块，七○后一块，总不会再叉我的那一份了吧。

深海鳕鱼这一块，水深极。一般超市里售卖的，大多假货，以一种"油鱼"代替。挪威产的，属于极品。俄罗斯产的，口感上稍差一点儿。

当初我指出时，负责购买的人不信，特意拿出地球仪，向我普及挪威海域、俄罗斯海域同属大西洋云云。

大西洋如此广袤，分布着不同鱼种。或许，挪威海域因为洋流的关系，所出产的鱼与别处确实有所不同呢？尽管说不出所以然，但我的味蕾就是鉴定师。

到底，通过几轮比较，○○后发话：挪威的有奶香味，俄罗斯的没有。


## 菠菜鱼丸


这座城市南郊有个大圩镇，这里出产的蔬菜有甜味，大约与土壤有关。每临秋天，我的菜篮里多是大圩镇的菠菜、芫荽、茼蒿。

近日，孩子居家线上学习，打破我一贯固定的工作时间。白花花时间，尽为他准备午餐了，无法坐到电脑前工作，总是陷入无边的焦虑……

去早市，遇见一条肥美青鱼。想着买回去练练手工活，亦可化解一些焦虑？

手工活，就是做鱼丸。另买一斤大圩菠菜，让这个手工活更复杂一些。

常年买菜，一次次经过售卖鱼丸的摊位，看也看会了怎么剔除鱼刺。

心要静。

刮鳞，对剖，内脏弃之，洗净鱼肚腹一层黑色保护膜，去头尾，去大脊骨，徒手自鱼肉中拔完大刺，用刀以巧劲一点点刮下鱼肉，剁成鱼茸，加适量淀粉、食盐，另存。菠菜择好洗净，焯水去草酸，切碎，稍揉几下，挤出绿汁，掺入鱼泥，顺时针搅拌、摔打。半锅水滚开，圆勺挖出一只只鱼丸，下入水中……小丸子起先沉底，一会儿浮上来，熟了，捞起。

七搞八搞，两三小时耗尽，因为专注做事，焦虑无隙可乘，从而获得了暂时的宁静。

菠菜鱼丸绿茵茵，颇有看相。下七八只到鲫鱼豆腐汤中，咕噜咕噜小火炖五六分钟，揭锅，鱼丸胖大如乒乓球，遇冷，迅速缩回原形，咬一口，里面布满蜂窝状孔洞，颇为可口。

# 绿叶菜之歌

## 青菜

霜降以后，青菜渐甜，有了婉转口感。

这种饮食经验跟了我半世。

早起去菜市，常遇见蹲在街头的老人，面前摆一小篮青菜，一看便知露天种植的，被霜打过。菜叶颜色较深的品种，吾乡叫"大头青"。白秆矮株的，当地人称作"矮脚黄"。大头青滋味肥厚鲜腴，矮脚黄叶多秆少，适合氽烫。春天吃的青菜，叫"四月蔓"。

无论大头青，抑或矮脚黄，我都喜欢，挑植株小的，称一些，煮菜粥。

菜粥要猪油。粳米煮开，关火焖半小时。这边铁锅烧热，挖一勺猪油化开，切一小撮姜粒煸香，青菜末烩入爆炒，祛除菜腥气，再将白米粥融入，揭锅，中火熬煮，顺时针慢慢搅拌，直至米菜交融，关火前略撒点盐即可。

喝一口粥，嘴里茸茸一片，无上享受。若有我家乡一碟水辣椒搭搭嘴，更加完美。

这些年，去过许多地方，皮蛋瘦肉粥、肚片粥、猪肝粥、蟹粥……吃过无数回，但到头来，还是深觉平凡的菜粥，最合我脾胃。

没有办法，一颗农耕文明的胃，享受不来海味山珍，就爱好这一碗菜粥，大多用来晚餐果腹。一碗下肚，浑身舒泰，手足皆暖，外出散步，朔风呼啸，苍穹如墨，唯余孤月疏星，也不觉寒冷。

吾乡还有一种青菜品种——高秆白，长及一米，长腿鹭鸶一般，当真称得上风流倜傥。

有一年深秋，出差宣城，皖南田畈，处处高秆白，顶端只微微一绺儿绿叶，非常好看，是用来制作著名的宣城香菜的好食材。

人们将菜收了，拿一把瘦细的铅笔刀，一根一根把长秆划开，平铺阳光下曝晒脱水。我也没有什么路要赶，远远站在煦阳下看老人们做这些手工活……那真是一个美好虚静的清晨。

制作香菜是一种吃法。另一样吃法是，头天晚上把高秆白切细丝，以薄盐渍一夜，翌日早上，沥干水分，与豆干同炒，非常可口的一道佐粥小菜。

这道小菜，我只在宣城吃过。

合肥这边菜市，每到秋末冬初，雪里蕻大量上市，乡下老人用板车拉来，偶尔也能看见一两捆高秆白。同样用来腌制，发酵月余，修长的白秆蜕变至软耷耷的橙黄，爆炒，酸脆爽口。

七八岁时，我开始跟着妈妈打理菜园。

秋初，茄子禾子、辣椒禾子、豆角禾子通通拔掉，一垄垄地，翻一遍，土坷垃用锄头敲敲碎，揾进火粪等有机肥，泼一遍水濡湿，依次撒上青菜籽萝卜籽菠菜籽芫荽籽茼蒿籽，末了覆一层枯稻草，再轻轻往上泼一遍水，不及三五日，将稻草掀开一角，小嫩芽纷纷冒出，白生生一片……揭去稻草，每日黄昏泼一遍水，十余日，就都一齐长大了。除了菠菜、芫荽、茼蒿原地生长，青菜苗是要移棵的。

挑健壮菜苗，移栽别处，早晚浇一遍水，三两日就都齐扑扑活过来了。接着，我妈挑一担粪，池塘边兑些水，一棵一棵把这些菜苗描一遍，愈发长得欢腾……

月余，便可撇它们来食。吾乡吃菜并非连根铲，而是每棵菜上撇一两片叶，特别珍惜的意思。

至今想起，甚觉珍贵。


## 萝卜缨子


自小，便被我母亲说成——骆驼投胎。

怎么讲？不过是喜食萝卜缨子罢了。

每临秋深，户户将几分地萝卜拔了，萝卜腌制起来，萝卜缨子随手丢弃于田间地头，风吹雨淋，渐渐地化作有机肥。

可我，偏要捡它来吃。

萝卜缨子有一股刺鼻辣腥气，河边青石揉出绿汁，回家切碎。锅烧好晚饭，锅洞尚存余温，萝卜缨子投进热锅，撒盐，揉至出水，静置一夜。翌日，原先青翠欲滴的萝卜缨子一派深青浅黄，以菜籽油爆炒，一道佐粥小菜，脆而香。

当下，以科学解释，这样吃法非常致命，未曾发酵好的腌制物，亚酸硝盐最高。

萝卜缨子也可像雪里蕻那样，腌制月余，再吃。一直认为，萝卜缨子滋味胜过雪里蕻。

我们这边有夏萝卜。所谓夏萝卜，即夏至后种下地的萝卜嫩苗，一拃长，块根尚未长成，只食苗。买一把，洗净，淖水后切碎，挤出绿汁，直接凉拌，佐以香醋麻油即可，颇为下饭。孩子在我的劝说下，勉为其难的品尝一口后评价：怪味道，还戳嘴！

是的，嫩萝卜苗有一股微微的辣腥气，偏好这一口的，恰恰喜欢萝卜苗上那层毛茸茸的芒刺，与人粗朴口感。

深秋，萝卜苗大量上市，成熟度不同，口感殊异。有一种刚出土的芽苗，秆子紫茵茵，只两片圆叶，像婴儿尚未睁开双眼一派混沌。

萝卜芽确乎极品。洗净，佐以香醋即可，殊为清口。

有一年，小姨陪着小姨夫来合肥化疗。乡下何以有什么礼物带呢？小姨想必与我心灵感应，她独独带上家里腌的一瓶萝卜缨子，被小姨父看见，大为光火，并警告小姨，你要带这个破东西，我就把它掼掉……

小姨拗不过，从行李中拿出。临走，趁小姨父不察，她又偷偷带上。来到我家，当小姨神秘地拿出这瓶萝卜缨子，我的眼睛亮一下，啊，我最喜欢吃了。彼时，小姨非常骄傲地看向小姨父：我讲是的吧，我就知道红子喜欢。小姨父费解摇头。

多年往矣，小姨父因病早逝，昔日皆成绝响。

萝卜缨子经过发酵后的那种酸，唯有生于七〇年代人的味蕾可以辨识出，胜过一切珍馐美馔，它陪伴我半生，不曾消逝过。

# 吃鱼喝汤

一早在菜市看见大鱼头，重达五六斤，一剖两半，透着刚出水的荧光。鱼想必是活的，嘴儿一张一翕。

向鱼老板打听一番，说是来自万佛湖。

野生大鱼头难得，适合焗来吃。

要那种专用宽肚陶钵，底层平铺一层蒜瓣，姜片若干，小葱一把，半边鱼头直接搁上，烹几两黄酒去腥，上盖。焗法，最讲究火候，过猛，蒜瓣焦煳，鱼头尚未断生。大厨有心得，先大火，后改小火，再文火，慢慢焗透。一路噗噗噗上桌，盖子一揭，蒜香扑鼻。

鱼头哪里滋味鲜美？鱼脑？错！当然是鱼唇呀。囿于家教的关系，每次酒宴上，总不好意思下箸取唇，只谦恭地戳几根鱼骨唆唆，末了待整片鱼头被饕餮一空，拿根勺子舀几只蒜瓣吃，焗得正正好，焦黄香脆，尾韵里带有一丝鱼鲜。

印象里，广东人做菜喜欢焗，大约叫“啫啫煲”吧。连老鹅，也可焗。鹅块用香料腌制十余分钟，再下锅，上汽时，烹白酒去腥，不用一滴水。最后一道工序石破天惊，沿锅盖一圈，浇半瓶白兰地，火光熊熊，燃尽，上桌。

广东人会吃懂吃。熬一锅米汤，至茸茸黏稠状态，用来涮鲩鱼片。鱼肉有讲究，两片连切，打开，宛如飞出来一只蝴蝶。

我们徽州的臭鳜鱼，不仅仅可以搭配笋丁、香菇丁红烧，也可用焗法来做。将整条鱼分解成小块，锅底照样垫一层蒜瓣，铺上鱼块。上桌时，众声喧哗中，忽然一阵臭味悠荡，足以令人止语——恰恰这一味微臭，最是勾人心魄……等待着等待着，鱼钵终于转到我面前来，略略欠身，伸箸一搛，鱼肉抿进嘴里，又释放出奇异的香味。香臭两味互搏，着实令人愉悦。

吃不了臭鳜鱼这一味的，直接掩鼻……到底没有福气。

很久不曾吃到干焗臭鳜鱼了。一般酒店一律红烧，唯有私厨，才肯费心干焗。

家里未备宽肚陶钵，若有，想必我也做不好。焗，是有门槛的。

安徽六安地区，不仅盛产闻名的六安瓜片，那里的县城水域出产的鱼，也好。

霍邱县有一个什么水库，还有一条什么大河。老板娘讲的霍邱方言，我听不太懂。他们家常年售卖鳜鱼、鳊鱼、白丝、鲫鱼、黑鱼等，去迟了，一售而空。想吃野生鱼，得碰运气，打到什么鱼，卖什么鱼，没有挑选余地。

夫妇俩在家乡承包六十亩土地，专事种植有机菜。每次菜买好，我总会被一群野气的鱼类吸引，流连久之，感受一番来自旷野大河的灵气。

有一回，众鱼中游弋一条红眼青混。如此漂亮的淡水鱼，第一次见。双眼殷红，鱼鳞发出微光，颀长而瘦濯，像人一样骨骼清奇。人一瘦，便有少年气，鱼类亦如是。有一常年野外垂钓的主顾，也站在那里一个劲儿地赞叹，说是常去霍邱县某某河流，这种鱼极难遇上。

红眼马狼

如此美丽的鱼，吃它，也是罪过。

还是清炖平凡的鲫鱼汤。简单得很，两面煎至焦黄，姜片、小葱把一起撂进去炸香，烹点儿黄酒去腥。另一只灶头坐上陶罐，水适量，煎好的鱼倒入，大火顶开，文火慢炖，记得挖一勺猪油进去，汤更白。差不多时，下豆腐、鱼丸。一罐鱼汤，足足慢炖一小时，筷子挟住鱼头往上提，鱼肉瞬间滑脱，徒留一根鱼骨。小时候，我外婆的口头禅：千滚豆腐万滚鱼。

我买的是童年吃过的大锅豆腐，原始做法，保留着豆香气，千滚万滚之后，豆腐里面遍布蜂窝状气孔，滑溜爽口。鱼丸原本一块钱硬币大小，于汤中沸腾涅槃，胖大如乒乓球。熄火静置，汤面浮起一层乳黄色油皮，正是这罐汤之精华。

肉生痰，鱼生火。临上桌，下一把芫荽去燥。

最近赶书稿，家务琐事做不完，颇为急躁。慌慌的，一样一样，均做不好，有离乱之感。唯余夜里心静而安，捧一本书。是袁枚《随园食单》，看来看去，惜乎不详细，想学做几道菜，始终不得法。

他总是爱说，这个菜我在谁家吃过，滋味一等。一味惜墨如金，可气，可叹。

书看四分之一，十个菜里起码八道菜，放笋尖、香菇，炖上两炷香的时辰。两炷香燃完，一小时？两小时？香菇这款山珍，实在串味，你不能什么菜式都放啊。

还有一道菜——云林鹅，更邪乎，用几斤稻草烹熟，皆逐一明示。于饮食这一块，中国民间智慧无穷，《金瓶梅》里，宋慧莲用一根柴火棍子，足以令一个猪头酥烂。别看稻草火气微弱，但余烬绵长。我小时冬天烧早饭粥，喜欢往稻草灰中埋一只山芋，半小时掏出，金黄的皮剥了，咬一口，香糯齁甜，吃快了，会噎住——吾乡山芋红皮白芯，甜糯如栗。

还是小时候，如果没有早饭菜，便拿一只山芋，削皮，切粗丝，热锅里倒点菜籽油，爆炒，激水，稍焖，铲起，抹在碗头。喝一口粥，搭一口山芋丝，咸糯芳香，无上享受。

人的饮食习惯，一生不能改变。几十年不曾吃到家乡的山芋了。

# 黄芽拔、青麻叶及其他

一夜骤冷，天上飘起细雪。

每年一下雪，味蕾便有了条件反射，想吃大白菜。去超市，货架上堆得小山似的……挑了一棵，老叶早被撤去，唯余殷黄娇嫩。

解冻几两瘦肉，爆香京葱段、姜片，酱油少许。这边将砂罐坐上另一灶头，肉块倒入罐中，少许热水没过，小火慢煨。铁锅洗净，重新置热，少许素油，京葱段、姜片依旧煸香，大白菜烩入，爆炒十余秒，祛除菜腥气，一股脑倒入罐中，不要翻炒，让瘦肉留在罐底，小火慢焖……别管它了，忙于别事去。或把洗手间的袜子洗洗，一只一只理平展，晾在暖气片上，再拿一枚柿饼吃吃……琐屑事做好，去厨房，揭盖，香气扑鼻，肉菜齐烂。大白菜无论秆叶，皆烂成一摊，入嘴，菜的甜气布满口腔，似忘记放盐？实则故意的，以无添加的先市酱油当盐即可。确乎淡了，再浇一勺酱油。

逢上特价，买回一箱先市酱油。凡午餐一人食，菜里极少放盐。一两米饭，就着大白菜，无上满足。

近日下班，未及五点半，太阳早已落山，冷风旋着落叶，天一霎时暗淡下来了，人行于路，精神上格外孤独凄惶。路边正停一辆皮卡，满满一车大白菜呀。小电驴停下，去车上搬三四棵下来，贡献一份微力，让寒夜里守望的人早些回家。回头以薄膜将大白菜仔细包好，放在南阳台背阳处，月余不腐。吃时，从外往里，掰几片叶子，重新包裹好，一点儿不冻着它。

红烧羊肉吃完，剩下的汤汁不要倒掉，翌日丢些大白菜进去，透鲜。

早年，一位湖北籍同事曾说起自己父亲有一道拿手菜——大白菜煎豆腐。豆腐干煎，另存。热锅冷油，白菜入锅断生，加盐，待菜汁出，烩入豆腐，翻炒少许，出锅。菜汁恰好被豆腐吸尽，尽管整个一盘菜干索索的，不见一滴汁水，但豆腐入嘴，确乎还能爆浆。同事说，自己屡屡试做这道菜，口感味道上，比起自己父亲来，始终差了一个层次。我想，大约在于火候的参差有别吧。比如大火爆炒时的颠锅频率，也会影响一道菜品的口感。有人炒出的菜，天生带有一股摧枯拉朽的锅气，普通人始终达不到这层境界。若问诀窍，无非手熟耳。

早年，我生活的芜湖，每临冬日，人们总喜欢囤些大白菜。芜湖人称它为"黄芽拔"，听得久了，颇有江水滔滔的意味。后来才明白，应是"黄芽白"吧。彼时，爱吃青菜，不太钟意这一

黄芽拔

款大白菜，很少买它。

我是近年才喜欢上它鲜腴滑腻的口感，像一个缺牙老人，非要将之焖至菜糜状，用勺子挖一坨到米饭上，趁着一点点湿淋淋的汁水，哗哗而下。年岁愈长，愈喜好蔬菜。高蛋白等荤腥，只能偶一为之，唯有蔬菜永吃不厌，几同粥饭的可亲。

扬州菜里有一道著名的狮子头，六瘦四肥五花肉，切丁，与荸荠丁、香菇丁一起搅拌摔打，淋上姜汁，团成一只只拳头般大的圆子，干蒸半小时，再入砂罐，以鸡汤，小火慢煲四小时。

讲究的厨师，喜欢在狮子头上下各垫、盖一片大白菜叶子。上桌前，挑起上面那片菜叶，薄脆透明，经过四小时慢炖，依然不溃。

我是从美食纪录片中见识到的，看着那片涅槃过的菜叶子，唾液肆意翻涌，总觉着，这片菜叶的滋味，一定胜过狮子头。

外出酒宴，每逢海参上桌，四周必围一圈绿茵茵的西蓝花——热气袅然中，我总是举箸向花。西蓝花确乎比海参可口，以参汁浇灌过的，食其本味。归根结底，还是一颗平民的胃，直如买椟还珠。

居所附近菜市，有一对来自东北的夫妇。每及寒冬，必腌酸菜。近期，一遍遍打听，可腌好了。东北男人不急不缓：再等几天哈。一次再问，好了吗？老板抱歉地说，一罐全被饭店抢了去，没辙。为了安抚我失望的心情，补上一句：我又腌了一坛，再等等哈。

东北人的语调非常适合唠嗑，嘻嘻哈哈的。呃，原来日子并非如此艰难，说着笑着，一日就也过去了。

我买酸菜，并非氽白肉，不过是涮一斤鱼片。我所在这座城市，也有东北菜馆，我不太吃得惯那里的酸菜饺子，一股发酵过头了的臭，颇不适应，尽管我一贯热爱徽州臭鳜鱼。

除了大白菜，我还喜欢青麻叶，因为好看。有一年秋，在云南普洱开会。中途悄悄溜出，去逛菜市。当地老人菜篮里总有一棵青麻叶。竹篮长而扁，足够青麻叶躺进去。梳着疙疤头穿了青竹布蓝褂的老人们拎着青麻叶，让凌乱喧嚣的菜市，顿时有了诗性……站在一角，我好奇地目送一个个老人，很远很远……

当时，不知它是青麻叶，误以为这就是云贵高原环境下生长出的变种大白菜。直至去年，我这座城市的超市，也出现了它们的身影，既惊且喜，一连数日，买来吃它。

无非爆炒，口感甜糯，比大白菜紧实，历经高温后的叶子更加绿翠，适合白碟盛装，翠白相间，平常生活里微小之美。

好菜需美器。一日逛进口商超，发现几只韩国菜盘，每只五六百人民币不等。流连久之，确乎有购买冲动，最后一刻，还

青
麻
叶

是放弃了，使劲劝自己，美则美矣，但它又不能使我炒出的菜更味美。只是，常常想起它来——人是矛盾而复杂的个体。果真买回，想必有犯罪感，太过奢靡了，平凡的我配不上。

为了青麻叶，特地查了资料，原产于天津。抄一则：

植株直立，包心紧，叶球呈长圆筒形，顶部稍尖，微开，球叶拧抱，叶色深绿，叶面皱缩，呈核桃纹状。叶片长倒卵形，深绿色，叶缘锯齿状，并有波状折叠。中肋浅绿色，较长，宽而薄，叶柄薄，纤维少，叶肉柔嫩，烹调易烂，被称为"开锅烂"。味道鲜美清淡，可炒、炖、煮，并可做馅料、汤料，还可加工成泡菜、酸菜、冬菜。心部嫩叶可生拌，爆淹。

通篇名词，无一形容词、副词，读起来却流动着的，青麻叶形象跃然纸上，这是白描的高超。

无论散文小说，圈内人拼的，大抵都是白描功夫吧。

一部书稿，为了追求简洁不芜，埋头大肆删改，完毕，数字，完蛋，只剩七万，还得补写。

现写也是不易的，写文章并非水龙头拧开汩汩而流，不可能的，还得立意、构思、布局……急得什么似的。让朋友寄一本书供我参考，以激发灵感。末了，花费数夜读完，依然未写出几百字……

急不得，慢慢来。这也是书写的珍贵。

# 冬日食单

## 鱼

冬日，吃鱼好时节。连续三日食鱼。

第一日，鲈鱼。养殖鱼类，腥气重，少不了小米辣、藤椒、黄酒、浓醋的加持。上桌，味道尚可。提味的主角是辣——任何菜加了辣，皆下饭，谈不上滋味。好比一篇平庸之文，凡堆砌些形容词、副词，也能读下去，但，不能回味。小米辣、藤椒等形容词、副词，皆为辅料，掩盖住原生食材的粗陋寡淡，纯粹味蕾刺激。

创作上最原始的食材，是时时捧着的一颗心。

翌日，去菜市野生鱼摊，买回三条野生鱼，来自六安霍邱一条大河。身体滚圆而瘦，尺余长，沿背脊处，均匀分布黑色斑点，头小嘴尖。剖开鱼腹，肠极细。薄油煎至两面焦黄，烹点醋，加点无添加酱油，水没鱼身，大火顶开，小火慢炖。半小时后，大火收汁，撒一把芫荽。

上桌，筷子拨开鱼肉，刺如银针，密密麻麻，颇为遗憾，不适合小孩吃。可是，由于浓香的蛊惑，小朋友频频举箸。快速将鱼腹挑出，剔除几根长刺，堆在他碗头，一会儿被吃光。

剩下的，由我一人饕餮，自午餐吃至晚餐。野生鱼，得之不易，认真吃完，也是对它们的尊重，对得起远道而来的珍贵。

摊主讲的是浓重方言，一直不曾明了鱼的芳名。

这种鱼，出水即死，故，上岸，需急冻，长途跋涉而来，鲜美自不打折。

早年，合肥地区农家乐，常见的野生杂鱼锅中，除了鲫鱼、汪丫，也有此类鱼种，小极，只手指长。鱼刺炖得酥烂，拖一条鱼身入嘴，嚼嚼，连刺带肉一齐咽下去。

第三日，继续光顾鱼摊。两条红尾白丝，被一位老先生捷足先登，我选了一条鳊鱼，斤余。这种鱼，肚腹宽大，只几根长刺，适合小孩吃。

照样薄油煎了。野生鱼，腥气淡，无须黄酒，略略一点儿老醋、酱油即可，改小火干煎三两分钟，老醋、酱油遇热发酵，两者合二为一，激发出鱼肉的至香。这种本味的香气如莽撞小鹿四蹄蹬地，殊为好闻。这种原始的酸鲜香味，直钻肺腑，颇为治愈。

窗外天色阴沉，令人压抑，是经久不散的雾霾吧，令人抑郁，但食物的香味确乎可以拯救人，抽油烟机的轰隆中，嗅觉彻底被唤醒，一激灵，整个人活过来了，并为之一新。

故，食物是最长久的治愈。

厨房里，始终有一口活气。窗外两棵高大的无患子一片灿黄，是这样的璀璨夺目，映衬着阴灰天色……这种明暗对比，于写作上，便是参差对照之美。

# 羊肉

一直打算风干几根羊排。地处北纬35度的这座城市，气温忽上忽下，担心坏掉。

几年前的一个春节，家里老人红烧一盘风干羊排，一食难忘。入嘴，韧而紧实，淡淡膻味飘忽不定，恰如风的气息……无需任何佐料，简单烧之，临起锅撒一点儿孜然粉即可。盘底垫几块胡萝卜，也被饕餮殆尽了。

胡萝卜这种根茎蔬菜，实在无甚吃头，无论炖、炒、煸，滋味总是差点。唯有拿来与风干羊排配搭，方能激发出它的灵性。为了补充胡萝卜素，没有哪个冬天不是强迫自己吃它，每一次都吃得龇牙咧嘴的。

胡萝卜好比一个能量弱的人，只有风干羊排才能带得动它，二者联袂，一起熠熠生辉了。

今早去菜市，遇见一头山羊，皮剥了，肉色殷红，一看便是散养品种——是的，我可以自肉的颜色上判断出牛羊的来处。白生生的牛羊肉，一定是圈养出的，肉质松垮，纹理凌乱。散养牛羊肉横切面表层，始终有一种微光。也像优秀的人，往那儿一站，便有了光。

那只羊四蹄捆于一处，倒卧于竹筐中。奔过去，询价，五十五元一斤。可惜早被别人预定了。一头羊，两千余元。这位主顾是要做风干羊的节奏了。

与摊主商量，明日可不可以帮忙预留几根羊排。她说，你来早点儿，肯定有。

年岁大了，一年比一年怕冷。为能吃上一顿上好羊排，必须早起，算是赶个集。

内地城市，好羊难遇。

有一年夏，超市冷冻羊排打对折，外包装注明来自——宁夏的滩羊。兴兴头头拎回，红烧了，滋味一般。又上当一次。

有一次出去开笔会，众人坐下，纷纷呷茶絮话，客气是有些客气了。末了，大家纷纷介绍来自何方，正好遇见一位宁夏同仁。到底忍不住，比较突兀地脱口而出：听说你们宁夏的岩羊好吃？这位作家朋友大惊失声：钱老师，岩羊是国家一级保护动物，可不能吃。众人陶然……

不论走到哪儿，颇能引我兴趣的，无非美食。

# 牛肉

吃过最香的一顿牛肉，在云南大理诺邓村。

是诺邓火腿被陈晓卿纪录片加持而大放其彩的翌年。

当参观过村里各家琳琅满目的火腿后，饥肠辘辘的我们被领去诺邓村最高台露天广场午餐，一排儿矮凳小桌，十余人挤一处，上菜时大家轮流传递。桌子是固定的，不能转圈，你端给我，我端给你，争取遍尝老乡们烹出的每一样食材。忽然，一碗红烧牛肉来到面前，捡一块，入嘴咀嚼，电光石火……

云南的天空、云南的土地、云南的植物，一切均值得歌颂，但，云南的牛肉，当真天下最好，多说一个字，都是唐突，唯余美味永恒。

偶尔，在菜市，也能遇见六安地区金寨山中放养的黄牛肉，色泽殷红锃亮，买两斤牛腩或者肋条，红烧了，口感尚可，但缺少的是诺邓村牛肉的那种独一无匹的香。黄牛肉力道大，吃后上火。曾经自作聪明丢一块黄冰糖进去压火，竟吃出来甜味，一锅牛肉废掉。

也是在菜市，有位摊主告知一项吃法：将牛肉以盐腌制一夜，风干后，切薄片，与青蒜叶爆炒，用她的话讲：香得要死！

南京有一款著名小吃：牛肉锅贴。据说日日需排队。

去年冬，一位定居呼和浩特的朋友寄来当地特产，有面食点心、沙果等，最惊艳的当是牛肉干，一只只独立包装，拆开，乌黑，如若一小截铁棍，冷而硬，顺着纹理撕开，放嘴里，肉香如冰激凌，一丝丝洇开，愈嚼愈香，奇怪的是，一点儿不塞牙。实在美味，撕开小包装，整个一条含进嘴里，唾液汹涌，一点点将之泡软，微咸，舍不得吞下。我与孩子双双靠在暖气片上，对嚼，并规劝对方，太美味了，可要省着吃。

记着它的名字去网上搜，无果。大抵是百年老店，一直固守珍贵品质，不曾批量化生产吧。

# 腌笃鲜

　　大雪过后，腌了一刀肉，五花连带一根肋排。菜市最贵的黑猪肉，一刀斩下，百余元。店家根据比例抹了盐，我拎回家又抹了一层花椒，放不锈钢盆内密封，搁北窗空调外机上，静置一周后，挂出露台晾晒。

　　晴晴雨雨间，寒风哨一哨，渐渐地，这刀咸肉便也干了，随之散发出无与伦比的香气。这气息，远远地，闻不见，非得将鼻子凑近了，才能深深钻入肺腑，无比治愈。

　　这一向，每日晨昏，都喜欢去阳台外层的露台站一站，静看一树老梅怒绽，再闻闻这刀肉的咸香之气。

　　长辈馈赠冬笋若干。黄昏下班，特意拐去菜市，采购千张结适量、小排一根、前胛五六两。这是做腌笃鲜前期准备的配料。我腌的这刀咸肉，终于遇到了知音——冬笋。

　　寒冬腊月，适逢一钵腌笃鲜，非比寻常的仪式感。

将咸肋排自咸肉上劈下六小块，洗净备用。前胛切几大块洗净，鲜小排洗净。三者一股脑冷水下锅，焯水，少许黄酒去腥。水开，捞起鲜小排、前胛，剩下咸肋排，小火多滚一滚，去除多余盐分。这边陶罐注满清水，加老姜片若干，沸腾时，加入咸、鲜小排、前胛，大火顶开，文火慢炖。抽油烟机关停，一霎时，家里每一角落皆荡漾着精彩绝伦的咸香气……

如此情境，似回到童年——家乡的腊月，做喜事的人家，请来的大厨系着围裙忙前忙后，猪肉一块块在大灶锅里翻滚。蜂窝煤炉上坐着一口口巨大的白铁锅，水蒸气将锅盖顶开一道小缝，发出噗噗噗狂响，卤煮着的美味好闻的香气如何关得住？我们小孩子和狗，走来走去的，心里莫名的欢天喜地……肉类发出的香气，在村子上空飘荡着，寒风也是快乐的了，叫我们一辈子不能忘。

这边，开始剥笋。金黄笋衣一层一层又一层，终于露出象牙白的肉身，啃一口，甜如脆梨，轻轻一掐，便折了。人类何其残忍，人家尚在襁褓期，便给挖了。切滚刀块，无须焯水。

高汤吊得差不多时，先下千张结，持续炖上二十分钟后，再下笋。

去冬，也做过一钵腌笃鲜，但味道差强人意。用的是买来的咸猪蹄，齁咸，且有油哈气，汤的鲜美度，打了折扣。如此，今年不畏烦琐，必须亲自腌一根肋排不可。

夜读鲁迅日记、书信。他喜欢蒋腿、云腿，大约他们家一律清蒸着吃。没见烧过腌笃鲜的。

一钵腌笃鲜里，若有火腿加持，则更加完美。世间好物颇多，并非易得。火腿也是可遇不可求的。据说鲁迅曾经托人带给延安火腿两枚。这个人于文字里何等冰雪聪明，仿佛洞悉一切，可是，到头来，终究是个书生。

我最感念宋紫佩，常年赠送鲁迅绍兴特产，笋干、咸鱼不等，后者，是用茶油浸泡着的，不接触空气，永远没有油哈味。定居上海期间，鲁迅家的伙食相当不错，可是，王映霞还说，我家的伙食比鲁迅家的还要好。可见浙江人天生会吃。

我去绍兴，最难忘酒店的生煎，肉馅中杂有脆嫩的笋丁，简直惊艳。

腌笃鲜，关键在于吊汤。汤吊好，意味着成功了一半。当文火咕噜咕噜，慢慢地，汤至牛乳状，禁不住扑鼻的咸香气，我舀小半碗一饮而尽。纯粹的鲜小排没得如此口感，是寡鲜，有了咸小排的加入，口感绵醇，添了许多层次，不再那么单薄，像极中年往后的生命，纵然枯意萧瑟，也更见厚度。

起先准备加点儿莴笋、胡萝卜进去，转而一想，可能不对了，食材太多，会抢了冬笋的风头。食物多寡，也要恰到好处，不可太过繁杂。之所以放千张结，也是吸油之用。

冬笋在汤里滚了又滚，入嘴，微咸过后，依旧是甜的，唇齿间稍微一碰，便折了，一丝渣滓也无，叫人停不下来，纯粹的口舌之欢。这时，再喝汤，与先前又不同了，微咸后一派甘甜，这所有的恰到好处，皆归功于冬笋的加入。这道菜，笋才是灵魂。

春天的蒌蒿、夏天的菊花脑、秋天的河蟹、冬天的笋——在我个人食谱里的四大名旦，虽说各有千秋，但，依然是笋最具高格。若用它来与雪里蕻同炒，连带着平凡的咸菜也熠熠生辉了；煲老鸡汤时，放七八片，不仅去了燥气，鸡汤喝起来也有了温润之气，不再那么生猛粗钝。

冬笋作为不可多得的食材，因为少，难挖，所以珍贵。入冬以来，每去菜市，不过是远望一眼，当真不舍得买几枚，实在奢靡。

坐地板上，背靠暖气片，看书，顺带着闻嗅数小时高汤的咸香，神志确乎昏沉，宛如酒之微醺……

虽说这座城市一夜冷雨，若再下场雪，更好了。有笋吃，有汤喝，除了感恩，别无所求。

# 适口者珍

一

　　一早去菜市，原本想邂逅一条斤余重野生黑鱼煲汤。可惜不遂愿。退求其次，挑野生小鲫鱼五六条，斤余，所费不多，16元。再挑一根羊筒骨搭配着煲汤，仅6元。

　　羊筒骨入冷水锅，小火焯水，氽出骨腔中血水。小鲫鱼，一条条洗净，一并除掉鱼牙去腥。热锅凉油，鲫鱼煎至两面焦黄。老姜五六片，炸香，烹黄酒若干。焯水后的羊筒骨捞起，洗净附着的血沫，一并入鱼锅，加开水，猛火攻开，改小火慢炖。

　　露天种植的圆萝卜，也水灵，冻得外表一层薄皮起了皱。买一只，一刀切开，嘎嘎作响，如斩坚冰。鲫鱼生火，以寒性白萝卜丝稍微中和一下。再搁一小块嫩豆腐。豆腐一样性寒，使鱼汤彻底无火。尚不够登峰造极，又洗两根新鲜石斛，折寸段，一并投入。

这锅鱼羊汤，咕噜咕噜足足炖了三四小时。揭锅，汤面渐起一层黄油，闪闪发光，像极豆浆煮后漂起的那一层精华——豆皮。

小鲫鱼刺多，午餐时必然乏人问津。又舍不得倒掉，囫囵捞起一条，坐客厅暖阳下慢慢絮……鱼肉至美，有着复调的韵味，杂糅着羊肉的清香、萝卜丝的甜鲜。鱼汤自不必提，乍一入嘴，是天然食材的透鲜、黏稠、厚重，仿佛有了活泛泛的灵魂。

一根平凡羊筒骨，为一锅鱼汤打了股实底子，实在美好。羊骨髓因久煮，纷纷自羊骨中脱出，浮在汤面上，紫灰灰，入嘴鲜腴嫩滑。

一锅平凡的鱼羊鲜，当真诠释了味之道。

日常五味里，一直隐藏着"道"。

道是什么呢？不过是"适口者珍"。

袁枚与家厨王小余感情日甚，相处到了灵魂知己的高度。二十年后，王小余病逝。每每进餐，袁枚总因怀念王小余而涕然泪下，而后竟为王小余作了一部传记。

我记得王小余做过一道点心：取鸡蛋小头，叩破一小口，倒出蛋清，蛋黄弃用。鸡胸肉刮成鸡茸，与蛋清同搅，灌入鸡蛋壳中，用棉桑纸封口，隔水蒸二十分钟。

这道鸡蛋点心，吃的大抵是功夫，还有王小余的用心。去世后的他，担得起袁枚用一部传记去纪念。

我今天高兴，就高兴在这两样贫贱的食材上：勉强一拃长的小鲫鱼无人问津，唯有拿来煲汤。羊筒骨亦如是，人人均把心思化在羊排、羊腿上了，剔下的筒骨无人看得上，但我视为珍宝。两样加一起，仅仅22元。纵然是平民价格，却获取到贵族享受。

早年于北方小城，吃过一次红烧羊蹄。二十年往矣，依旧难忘——羊蹄筋久炖不烂，软糯，弹牙，黏嘴，胶质丰腴。午餐喝鱼羊汤时，又想起羊蹄的鲜美滋味。

改日买些羊蹄，何不试做一次？

## 二

以前，一直不甚看得上龙口粉丝，想当然以为，不过就是米粉漏出的细丝而已。直至看了一部美食纪录片。

原来龙口粉丝大有来历。将绿豆浸泡发酵，去除外皮，磨成细粉浆，掺入一定比例豌豆粉，于大锅久煮，待水分蒸发，重新揉搓上劲，放入一种特制的葫芦瓢中，漏入滚水锅中成形，继而放入冷水中，以便不粘连，最后一道工序，才是日光下晾晒。如此复杂的工艺，看得人目瞪口呆，第一时间摸出手机，下单，一份48元。收到后，足足两斤。

一日，红烧羊排，汤水多了，一直收不了汁。为了挽救，冷水泡一小把龙口粉丝，丢入汤汁，滋味出乎意料的好。锅底剩下半碗，一时吃不了，盛起，搁进冰箱。翌日，粉丝吸干羊汤，糊成一坨，成了半碗白戚戚的疙瘩，一点儿看相也无。但，倒掉又可惜，放入微波炉加热。饭桌上，勉为其难捡一筷子，岂知石破天惊！

一道剩菜，何以如此可口？经过发酵后的绿豆粉丝，久煮不烂，绵和柔软，现烫，一种口感；当剩菜吃，又是另一层口感。

这经过无数道工序千锤百炼出的小小粉丝，当真难得。

烧什么菜，都喜欢搁点进去。黑猪肉红烧大白菜，略微多放点水，加一把粉丝，好吃得如飞仙。

自感染新冠后，久久不能完全康复，一动便累，心力大不如前。仅仅对付三菜一汤，也是力不从心。最近，索性改为两菜一汤。

倘若身体好，想必要做一道青虾蒸粉丝。选那种海水大虾，抽出虾线，自背脊剖开。盘底垫粉丝，再铺青虾，虾肉上铺一层蒜蓉，浇上清油，大火清蒸。以此法，亦可炮制粉丝扇贝。

鸡汤中，下一把粉丝，想必口感也好？

# 三

近日，频繁点一道江南卤菜——甜口红鸭子，这是所有江南食客的心水之物。

这座城市大约两家。一家"君义兴"，另一家"李记"。恨不得一次点一整只鸭子解馋。甜卤要提前倒入鸭块浸泡，方入味。尤其剩下的，翌日热热再吃，更入味。没有哪一次吃鸭子，能像吃芜湖红鸭一样，边边角角悉数絮净。

若是盛夏，这剩下的甜卤还可用来红烧冬瓜。

我家居西南郊，甜鸭店位居市区。每点一次，势必搭上15元的高额运费，也够买一只鸭腿了。

我有老板微信，忽一日，怂恿老板，何不来西南郊另开一家分店，理由如下：老城区居住的皆为当地土著——北人如何吃得出甜口鸭子的好？各地新移民才居城市边缘。老板甚觉有理，叫发个定位给他，等空闲来西南郊考察考察……

我说的并非虚妄之话。看美团外卖上，对于红鸭子的点评，让人哭笑不得，有位市民跟帖牢骚满腹：送到了都是冷的，腥死了，怎么吃？！

那一个感叹号，仿佛叫人看见这名北方食客怒火中烧的脸。

这珍贵的甜口鸭子何等无辜，当真可惜了——寒冬腊月的，你何以不晓得放微波炉热热呢？

# 明月照着大地

科学家建言，多食杂粮。如此，吃惯大米粥的我，早餐改煮小米粥。坚持一周后，味蕾渐起倦怠，身体发出强烈信号——到底又想念大米粥了。

东北长粒香适量，电力锅压好，盛出一碗，茸茸白白，筷子尖挑一撮，牵长长的丝。第一口，沁人肺腑，颇为满足，堪比珍馐美馔。大米粥的醇厚绵柔洇染着特有的米香，淡淡浅浅，远了又近了，时隐时现着，令时光倒流，一头扑向温暖童年。一碗大米粥，被我无比渴慕地享用着，直至额上微汗，内心一片宁静，若听梵音，如在深山。

儿时，大病初愈，我母亲文火慢熬一锅大米粥，盛一碗到床前。出于求生本能的我，强撑着爬起，奋拉着滞重头颅，浅浅抿一口，病一霎时好了大半。这一碗米粥，似乎给予我千斤之力，它的精魂托举着我，沉重的身体顿时轻松起来了。喝完一碗，还想第二碗。彼时，乡下稻米不曾被抛光打蜡，带着粗朴的角质层，大灶柴火煮出来，结厚厚一层粥油，殊为养人。

成长于长江中下游平原的人们，身体基因里注定镌刻着稻米的乡愁，走到哪儿，始终改变不了。

杭州良渚文化遗址，出土过一把一把碳化水稻。科学家们借助同位素方法检测出，这些稻谷距今已有四五千年。这意味着我们的祖先，在新石器时代，便开始了野生水稻的驯化，当真了不起。

一次，看一部美食纪录片，美国印第安原居民至今仍保留着烹食野生菰米的传统习惯。

菰米这种野生植物，喜水，生长于湖泊浅滩，因植株稀疏，无法一把把收割稻禾。当菰米谷粒饱满植株渐黄，印第安人划着两头尖翘而中间宽敞的小木船，前后两人，一人负责划船于稻禾之中，一人手持长棍，左右互搏地敲打木船两边的菰米穗子，如是，菰米谷粒纷纷落至敞开的船舱。

也有相当一部分谷粒落入水中。翌年春，发芽生根，开花结果，再去采收……年复一年，无穷尽矣。

菰米谷粒运回家，倒入一种古老木槽，以木缒舂之，扬其谷壳，剩下窄而长的菰米粒。彼时，全家一定有一顿菰米饭享用。

中国自古也产菰米。得益于农业科学家的培育，自野生慢慢过渡至育种、栽培阶段。囿于产量不能突破等诸多因素，并非大面积推广。因产量极少，目前依然停留于礼品赠送阶段。

几年前，恩师赠我几盒菰米，月牙般窄小，玲珑而美，气质卓绝，亮晶晶散发微光。作为食物吃下去，当真罪过——这菰米应放在水晶瓶内陈列起来，漂亮至极。煮成的米饭，口感极好。

牡丹江籍作家高艳女史也曾千里迢遥寄赠过一箱石板大米来。我糊涂地烹饭煮粥，波澜不惊吃下去了。前年，在上海的一次晚宴上，被高艳恩师告知，这种火山灰岩田产出的石板大米，闻名遐迩，极其稀罕，价值两三千不等……望着眼前这小巧倩兮的女子，却有着如此一颗慷慨之心，当真舍得呀。大抵也是别人馈赠她的，竟寄给我们了。

何德何能啊——我俩仅仅一面之缘。

说回开头，我喝小米粥，不过是迫于减重需要。小米隶属杂粮系列，既然无法戒除碳水，高粱、玉米等杂粮更是难以下咽，唯有选择小米。砂罐熬煮，滚水下米，顶沸，小火焖五分钟，再中火，直至水米交融，大约十五分钟便好。方便是方便，可惜，始终吃不出大米的绵厚香醇。易消化，一忽儿，便饿了。

自菜市买回合肥这边特有的米团，每次小米粥快煮好时，搭半个米团进去，充饥，抵饱。吃来吃去，依然十足碳水。

癸卯酷夏，去山东小城日照采风。一个周末，酒店用早餐，恰好与一对母子同桌，他们大约自县里来海边小城度假。瘦弱不堪的小男孩沉浸在他母亲盛来的小米粥里，一碗接一碗，且发出满足的哼哼之声，菜也不夹一筷子。孩子粗生放养惯了，手里捏一只馒头，吃得甘之如饴……

看得我心疼不已，顾不上矜持以及边界感，悄悄劝那位年轻母亲，给孩子盛杯牛奶吧，补钙。年轻母亲不以为意，对我笑笑，一口朴素的山东方言：没事，小米粥有营养。我自觉多事，也唐突了，原本萍水相逢。

自古说小米养胃。但西医认为，这样的粥易消化，长期喝，反而对胃不好，仅仅一点点碳水化合物而已，无任何实质性营养可言。维持机体平衡最重要的一项，则是蛋白质。要多摄入肉蛋奶，才能营养均衡。当然，谷物也是必不可少的一种。

我们老一辈几乎都是在这样平易的碳水里跌打滚爬过来的，字典里不曾有过营养均衡的概念。

合肥这边的米团，并非如江浙那边的长条形年糕，而是手工制作出的圆锥体，有着稻米浓烈的香气，闻之，可刺激旺盛的食欲。买一点回家，清水储养，三两日换一次水，一烹即熟，不可久煮，否则会失去弹牙口感，别无嚼劲。

常因写稿误了午餐，饿极，冰箱里有什么吃什么。一次，扒拉出八个饺子，考虑营养均衡，又下了四五个鱼丸。末了，吃下五个饺子，再也不想继续进餐。饱了？似乎没有，就是纯粹不爱面食，吞咽不下。那一餐吃得意兴阑珊，一下午，整个身体皆不得劲。

晚餐，煮了一罐粳米菜粥，搭配几两肉末。剩下的三个饺子煎至焦黄脆香，也只勉强吃掉一个，我要空出胃口饕餮菜粥。一碗食罄，尚不解馋，又添半碗，独独一瓶黄豆西瓜酱，间或以筷尖蘸一点。

一餐摄入的均是巨量碳水，一种来自原始的暖老温贫的满足感，胜过一切豪华盛宴。

年岁愈长，愈回归童年胃口。味蕾有着顽强记忆，它一点点提示着肉身，应该叶落归根了，回到生命诞生的初始之地享用稻米。

这样的腊月，于二十世纪七八十年代的中国皖南地区，一村村妇女们无一例外地开始了忙碌，分明是一场场围绕大米的狂欢盛典——也不过是尽享一份口腹之欲，给孩子们准备的过年零食。

一切皆围绕着稻米做文章，在一个盛产稻米的丘陵地区，再也不能翻新出别的花样。

籼米浸泡一日一宿后，双手插进湿淋淋米堆，捧起搓一搓，一粒粒饱涨的大米闪着莹光，洁白如霜，甚是爱惜，连淘米水也不浪费，倒入灶头吊罐，温热，掺点山芋剩粥米糠，喂了猪。

石磨早已清洗干净，静等大米一勺勺被填入磨眼，流出源远流长的玉液琼浆，晃晃悠悠挑回家。灶房木柴堆得山高，接下来摊坯。摊坯，吾乡向来如是称呼，"坯"念三声。

大锅内沸水翻腾，厨房雾气弥漫。挖满满一勺米浆，倒入一只特制的铁盘内，晃匀，漂与沸水上，盖上锅盖，不及一分钟，米浆熟而凝固，轻轻揭下，薄如蝉翼，香气扑鼻。这种被蒸熟的米制食品，广东地区叫肠粉，浇上特质酱油，即熟即食。

吾乡并非如此吃法，将之晒成半干，剪至长条，斜裁成三角状，继续摊开于竹簸箕里晾晒，直至脆干，备用。晒干的坯子又有了另一笔名——米角子。

黑砂置铁锅中炒至起青烟，挖一瓢晒干的米角子，丢入滚烫黑砂中翻炒，米角子遇热迅速膨胀，直至焦黄，入嘴嘎嚓有声，愈吃愈上瘾。

讲究的人家事先在米浆里掺一把黑芝麻，炒熟的米角子，嚼起来更香。我母亲向来节俭，她断断不肯加上芝麻。地里收获的一点芝麻，只能用作正月十五的汤圆馅这一途。

也是寒冬腊月，我去村南头的小米家串门。她奶奶一见着我，一双小脚颤颤巍巍的，飘移到里屋，抓出一大把炒好的米角子赏赐我。那是我吃到过的最胖大最暄香的米角子。

小米姑姑的女儿左玲与我是小学同学，待人真挚。左玲每次来外婆家，远远在路上遇见了，总是大喊我的名字——但凡左玲手里攥三只菱角，总要递上两只与我。她洁白的牙齿笑起来闪闪亮的样子，至今犹记。

左玲的外婆，正是小米的奶奶。

一入了冬，总能在这座城市的菜场邂逅售卖麻糖、糖饼子的小贩，两只竹篾编的扁圆筐子挑在肩上，一头麻糖，一头糖饼。作为中国乡村的一种极其古老的零食，二者齐齐散发着沧桑的年代感。一见着它们，条件反射般垂涎欲滴，清甜滋味昔日重来，要走很长很长的人生路，方可抵达逝去了的遥远年月。

每次遇见，总要买一点糖饼。捻一块搁嘴里，不要咀嚼，一直含着它，慢慢地，相融于唾液，由钢铁化作了绕指柔，用舌头将它翻个身，继续含着……这种来自稻米精魂的甜，铺天盖地而来，眼前一片白衣胜雪，这漫无边际的雪花正一点点氤氲着口腔味蕾，直至迎来一个七彩童年。

一整座村庄的孩子，没有谁不曾偷过家里大米。悄悄放布袋里，一路拎着，结伴步行很远的辛苦路，到达一座叫横埠河的集镇，翻一座山，一座神秘的小小村落，忽现目前。

这个村子里，几乎家家生意人，一律加工糖饼子售卖。我们小孩没有钱去买，唯有偷米去换。

陌生村庄的生意人，真会拿捏孩子们呢，半布袋白花花的大米拎过去，只能换回一点点糖饼子，到底也满足了。回家路上想着，坚决不能吃掉。实在馋极，仅仅摸一块出来含着，直想着回村卖给小伙伴换几分钱。到底，每个孩子流感一样相互传染，皆背着大人将米偷出来去换。那些糖饼子，最终陆续进了我们各自的胃。那种为获得一点甜的口腔满足，而深感内疚自责的矛盾心理，实在折磨人。

慢慢地，我们再也不曾去到那座陌生村庄。这一份适可而止的童心里，一定有着对于大米的珍惜。

这些不可多得的甜蜜，令童年的日月无比珍贵。彼时，纵然

穷乏贫瘠，随之光阴的发酵，到得当下，终成琥珀，值得捧起来
呵护——有着稻米之甜的童年，简直是可歌可泣的，依然被我
热爱着。它一直在长江中下游平原游荡，不盈不亏，如明月照着
大地。

# 白粥帖

　　小孩患上胃肠炎，看了急诊，一直止不住，急得又去药房抓药。药剂师是一位中年大姐，笃定的她一贯成竹在胸，反复叮嘱：不要喰任何油腻物，喝两天白粥就好了。不要焦虑，小孩子复原得快。

　　我以身作则，陪喝两日白粥。一向嗜荤的小孩喝得苦不堪言，皱眉耷眼埋怨：又喝粥，一点味道没有，喝到吐。

　　两日过去，果然，上吐下泻的病症不治而愈。

　　白粥清胃肠啊。

　　初老之年，不能免俗，理智挥别高碳水的精米精面，加入杂粮养生行列。每日早餐，一两只水煮蛋。小砂罐里熬一把小米粥，有兴致，切几片老南瓜，或者搭半个紫薯进去，不多不少，正好一碗。就着几片卤牛肉，哗哗而下。

　　坚持月余，整个身体渐起乡愁。对于白米粥，我的味蕾无法遏制地怀有难言的渴望、想念、追忆。

粳米，滚水下锅，煮开，熄火，焖十分钟，再中火熬煮，终于茸茸一片，上面浮一层肥厚粥油。第一口入嘴，真是抚慰。水米交融，充满整个口腔，形容不出的舒豁。没有法子，初来人世，外婆就是用这珍贵的米汤一日日喂大我的。

对于白米粥，至今不能脱敏，大抵源于婴儿口欲期吧。

新年前夕，东北友人忽然说：知道你爱吃大米，寄点给你。反复推辞，迟迟不给家庭地址。末了，她倔强寄去单位。真是情义无价。

米为蟹田出产，不曾抛光打蜡，被无比精致地包装在漂亮盒子里，千山万水而来。拆开，米香扑鼻，不愧为熬粥好食材。连淘米水也是茸茸一片，是粉糯粉糯的支链淀粉，米的角质层不曾全部破坏，殊为养人。

自此，一日日清晨，激起了我对白粥的真挚之爱。

就着几片糖醋姜，喝粥喝得一头细汗，似吃出海天盛筵的喧哗。

享用大米粥，注定弄出响声的，啜着嘴，轻轻吸气，呲溜微响，一股温烫的甜润于口腔短暂停留，一霎时滑入喉咙，倾泻于胃囊之中，身心通泰。品咂一片薄姜，一股辛甘之气弥漫整个口腔，不要等，再啜一口白粥，何等的润呢……周而复始，无穷尽矣。

早餐寒素，仿佛被白粥的圣光照耀，喝粥人周身遍布神性。

米是新米，东北低温环境，生长周期长，别有韧劲。煮粥前，浸泡半小时，口感甚好。

睡眠一直不太好，清晨纵然醒着，也不太能起得来。家人每次做好小孩的专属早餐后，循例问一声：可还煮粥？反复几日，我颇不耐烦，不要再问了，将东北新米吃完为止。

来自内蒙古赤峰的小米被我关进了碗柜抽屉。

少年时代，第一次读到"柴门闻犬吠，风雪夜归人"这句古诗，条件反射联想起喝粥的意境。想着这位古人大约狩猎一天了，走了许多辛苦路，手里拎一只山鸡或者兔子，一身清寒往家赶。终于到了自家小院前，腾出一只手推开柴扉，守在门口的老狗一梦惊坐起，于广阔无边的寒夜里向主人致以亲切问候……一星灯光漏出，把雪地照亮。一定有一锅白粥温在灶间，静静等着他。远古的夜，一家人围坐桌前，低头喝粥，暖意融融……这遥远的粥香飘荡千年，一直盘桓于亚洲星空下，不曾散去。

如何散得去？这亚洲的稻米，究竟是如何温暖着亚洲的胃呢？

最近，找出鲁迅先生的书，读起来。是以往不太读得进的《野草》，随便翻，翻到哪页读哪页，他写江南的雪：

江南的雪，可是滋润美艳之至了。雪野中有血红的宝珠山茶，白中隐青的单瓣梅花，深黄的磬口的蜡梅花；雪下面还有冷绿的杂草。蝴蝶确乎没有；蜜蜂是否来采山茶花和梅花的蜜，我可记不真切了。但我的眼前仿佛看见冬花开在雪野中，有许多蜜蜂们忙碌地飞着，也听得他们嗡嗡地闹着。

原本昏昏欲睡着，当"宝珠山茶"四字映入眼帘，一骨碌自床上弹起。这四个字，真正触及了我的美学。我想，要么是红色系茶花嘛。何以"宝珠"命名之？大抵是复瓣。

红色系茶花，我向不喜欢，但落了雪便不同了。小区几十株，每每冬尽春来，一朵朵猩红怒绽，颇有彪悍之气。整棵植株上万千之众，颇为伧俗，落一层薄雪，立马两样气质，瞬间寒柔起来。

故一直留在先生的记忆里挥之不去。

读完先生这篇小文，待春初，小区山茶绽放时，一定要多看几眼，争取不辜负"宝珠"二字。你看，取名字颇为重要，第一时刻将人吸引来。

我天生热爱喝粥，也一直得益于粥的滋养。据说偏爱食素的人，没有什么攻击性，随遇而安。当真是，我似不曾有过什么广大壮阔的理想，无非，写下的文字不要成为速朽的垃圾，只希望它有着生命力，我不在了，还有人愿意读。

白粥，最能去燥。有时，喉咙上火牙龈出血，无须服药，抓几把米，熬粥，关火前，先盛一碗米汤喝下去，火，消去大半。

我天生急性子，脾气躁，好发火，一点便着，年轻时，尤甚。渐渐地，这些年持之以恒喝粥，性子温和得多了，几乎不争。

郑板桥家书里写：暇日咽碎米饼，煮糊涂粥，双手捧碗，宿颈而啜之，霜晨雪早，得此周身俱暖。二十九个字，反反复复品咂，真是难言……

我是糊涂人喝糊涂粥，许多事，颇不在意，但唯有一样是清醒的。一日，向朋友碎碎念吐槽，她一贯毒舌，这件事你都说过三遍了。哎呀，我的记性是坏。末了，她又说：一粒芝麻都被你盘成包浆了。

何以将一粒芝麻盘得包浆了呢？时代的列车，一向赶不上，也不必赶，步行吧，一点一点地挪，没有大的力气了。何以有力气呢，我天天喝粥啊。稍微吃点牛羊鱼虾之类的高蛋白，即刻上火。天生喝粥的。

一直有一奢侈想法，哪天熬一锅米汤，将米用纱布滤除。剩下的汤，用来涮锅子。野生乌鳢切脍，放米汤里涮五六秒，沙茶酱里蘸一蘸，入嘴，想必鲜甜润滑……

这是广州老辈食客古早的一类吃法。之所以不曾实施，是因为，若把米丢掉，就太亵渎稻神了。

对于养人性命的大米，我一直心存敬畏。米汤涮乌鳢，吃不上便吃不上吧。

# 落葵、繁露、荇菜及其他

早晨出门，晴空如洗。极目处，一派宇宙蓝。气温明显蹿得高了，裸露的胳膊被阳光扑打，生疼。

苦夏来临。

初夏雨水丰沛，蔬果大量上市。新鲜玉米一筐一筐运来，如山如河，十元八根。毛豆壳子，堆得山似的。西红柿、青茄多如繁星。

每临苦夏，对于鱼虾鸡的胃口忽然消逝，遑论吃它们，单单捯饬它们，皆深感烦难。要么粉蒸肉，往蒸锅一丢，离厨房远远的，无须照管，定个闹钟，半小时后熄火；要么小炒肉，肥肉炼出油脂，滗出些许，丢入月桂叶、八角、瘦肉片，炝煸至香，轰一大瓶啤酒，中火二十分钟，即成。

午餐四菜一汤，均是我喜食的清淡之菜：红椒炝爆豆芽、蒜香红薯尖、藤椒冬瓜、丝瓜炒百合，白水蒸蛋。配半盏米饭，一人食，颇为满足。饭罢，略有闲情拿一双公筷，分别将冬瓜、绿豆芽中的藤椒粒，剔除干净，再包好，归置冰箱中冷藏。晚餐时，微波炉热一下即可。

暮春时节，网购几袋四川泡椒泡姜。每每炝炒绿豆芽，捞出小米辣三两只，切切碎，与之同炒，至味。这来自成都平原的泡椒，好比珍贵的药引子，原本水腥气极浓的豆芽，一经泡椒的驯服，简直乾坤挪移。临起锅前，白醋放足。

这平凡小菜，因为川味的加持，当真滋味奇崛，入嘴，回旋三个复调：酸、辣、脆。

绿豆芽须根等长于绿豆秆，偏执的我总要将须根悉数折去，坐矮凳上，低头半小时。宁愿颈椎犯病，也要将它们搞得清清爽爽。时间便是被这些芝麻绿豆琐事消耗一空的。

泡椒不经吃，唯余半瓶卤水。买回半斤新鲜小米辣，洗净，控水，浸泡于老卤之中，静候发酵。

粤菜有一道"赛螃蟹"：绿豆芽掐头去尾，只留中间一截白秆；鸡蛋五六枚，取蛋清，搅碎；中火，熘蛋清于低温油中，成型，盛盘备用；净锅，烈火炝爆豆芽秆，瞬间断生，汇入蛋清，略略翻炒几下，出锅，一道赛螃蟹即成。

这道菜的诀窍，需掌握火候，让豆芽瞬间断生而不出水。豆芽秆内的汁水因大火围攻而被留在了体内，入嘴爆汁，蛋清依然干索索的。

家庭煤气灶永远达不到饭店特制锅灶的高温，故这道赛螃蟹居家难以烹饪出。豆芽一旦出了汁水，这道菜便废了武功。

一直记得，夏日养心。

前阵，买回百合干。产自兰州，四百余元每公斤。蒸老南瓜，泡发一撮；煮绿豆汤，抓一把；煮白米粥，加一点。三吃四吃，几欲一空。还剩最后一把，全部泡发出，与丝瓜同炒。

食下百合，身体确乎生发些微变化，心中一直凉润润的，不再着急忙慌。骑行于午后烈阳下，一点也不燥热——广袤天空下，白云圣洁，沉沉低垂，惹人看了又看。

有谁像我这样赏识白云？广袤天幕下，游云无数，其中一朵大抵一公顷面积那么大，"兴来每独往，胜事空自知"般悠游自在，一会儿投影于屋顶树林，一会儿倒映于湖中，如梦似幻，宛在仙境。这短暂二十分钟路途，化身王维的我，中年颇好道，万事不关心。

黑皮冬瓜，纹理细腻坚硬，适合红烧，少不了藤椒的提味。藤椒入油锅爆香，冬瓜切薄片，清炒出水，酱油上色，激点水，中火焖煮。

童年时，我家乡的白皮冬瓜，做汤、红烧，无一不甜糯。冬瓜皮也不浪费，与新鲜青红椒一同切丝，大铁锅中跳一跳，韧中带甜，样样可口。当下再也享用不到如此可口的白皮冬瓜了。

本地大棚种植的白皮冬瓜，多以激素催长，不压秤，质地绵软如棉花，不值得吃。来自海南的黑皮冬瓜，品质略佳。若不嫌费事，吃得讲究些，加一块陈年火腿，与冬瓜同煲，滋味想必一等一。

　　这个夏天，因一直遇不到露天种植的青色柳叶苋，决定只吃红薯尖、木耳菜两样绿叶菜。至少它们不用喷农药。红薯尖，在我的童年，是无人在意的东西，地里葳蕤一片，似无人想起要去摘它们来吃。

　　如今倒成了宝——红薯尖，需蒜蓉同炒，叶秆相连，脆而滑腻，久食不厌。

　　木耳菜，以往夏天，偶一为之。那股强烈的气味颇为拒人，断生后，入嘴滑腻腻。谈不上可口，但也不讨厌。

　　自从得知木耳菜的笔名为"落葵""繁露"后，开始对其青眼相加，决定多食几回。这么美丽的名字，挺有《诗经》风格的——今日午餐一盘落葵，昨日晚餐一碟繁露。这汉字以及汉字背后氤氲着的气息，令平庸生活有了滤镜，遍布诗性。

　　人活着，不都依靠一口气吗？落葵繁露，便是挺身而出肯为我们吊着一口活气的蔬菜呀。诗性的名字，令它的模样逐渐地立体美丽起来。这星辰一样繁密的落葵叶子，可肥可瘦，可大可小，一片片依嫩茎而生，呈现出不同景深的绿——深绿、油绿、湖绿。因散发特殊气味，小虫子们也不敢靠近，一生无须农药参与的洁净。

　　落葵清炒时，搭配适量蒜蓉即可。倘嫌大骨汤油厚，亦可丢一把落葵祛腻。

　　两汉时期的《长歌行》中有：青青园中葵，朝露待日晞。也不知这里的葵，可是落葵？

李时珍《本草纲目》里有：葵菜古人种为常食，今之种者颇鲜。有紫茎、白茎二种，以白茎为胜。大叶小花，花紫黄色，其最小者名鸭脚葵。其实大如指顶，皮薄而扁，实内子轻虚如榆荚仁。

这里的葵分紫茎、白茎，今天的木耳菜只有绿茎，想必不是同一种蔬菜。

李时珍所言的应是冬苋菜吧。如今，也少见了。

仲春之际，偶然得见金陵当地一位植物博主拍了几张南京郊区琵琶湖荇菜图：清粼粼的湖水之上，荇菜花一片一片如雪，轻轻歇息于湖面……红尘喧嚣一忽儿退后，唯余黄花静放。何以按捺得住一颗抒情主义的心，到底还是《诗经》里的中国啊。文明之河汤汤而过，流淌几千年，到得当下，诗性一息尚存。那一刻，直想买张高铁票，半小时后抵达金陵，打的去到琵琶湖，就为看看满湖荇菜——这瑟瑟春风之中美的存在。

到末了，想着吧，这湖中荇菜过于繁密了，顺便掐一把嫩头，带回家煲汤也好。

谁让我读过《诗经》呢？谁叫《诗经》赋予着虫鱼鸟兽草木以如此丰富的感情呢？一辈子不能脱敏。

落葵、繁露、荇菜及其他

# 漉珠磨雪湿霏霏

　　菜市有一对大别山里来的夫妇，做了十余年的手工豆腐。他们家的豆制品，始终保有童年里遥远的豆香气。

　　一直喜食豆腐。挑老一点的，切薄片，油煎至两面橙黄，移至砂罐，加滚水慢炖，愈久愈入味。佐以适量肉片，肉末亦可。倘想吃得丰盛些，可搭配腐竹、木耳、干黄花菜等，口蘑尤佳。关火前，酱油、钾盐适量调味。上桌时，热气氤氲，小气泡咕噜咕噜冒个不停。夹一片搁饭上稍微凉一凉，再咬一口，鲜美汤汁遍布整个口腔，豆腐外韧里暄，细腻中见香糯。每次，豆腐如数吃完，肉片无人问津。

　　一次次想方设法将例行的豆腐煲逐渐地提升档次，或者加些牛肉丸、鱼丸、肉丸。最关键，要事先吊好高汤。无非猪棒骨，焯水，入砂罐，小火慢煨。这罐汤，是豆腐鲜味的来源。

　　古语有云：唱戏的腔，厨师的汤。

一道菜可口与否，汤殊为关键。

一日，看美食纪录片，讲的是鲁菜。泰山脚下的豆腐，颇为著名，得益于山脚下一眼泉水。泰安小城有一道豆腐白菜，令食客交口称赞。大厨同样先吊汤。猪棒骨、瑶柱若干，老母鸡一只，用泉水，煲四小时，末了，捞出三样食材，将事先剁好的鸡肉蓉、猪肉蓉一齐放入汤中，瞬间，汤中杂质被肉蓉悉数吸净，重新过滤掉肉蓉，徒剩一锅清汪汪的汤水，色近泉水般清澈。豆腐、白菜断生，汇入清汤之中，上桌。岂不鲜美？

川菜中，也有一道白水青菜。

考验一名川厨的勺下功夫，也是让做一道白水青菜。说是"白水"，实则还是清汤。所谓素菜荤做，过程烦琐复杂，食客看不见而已。

扬州的煮干丝，关键也靠吊汤。汤之鲜，同样依靠鸡、鸭、猪棒骨。特制的豆腐干，切细丝，于碱水中过一遍定型，再入滚水氽烫，祛除豆腥气，装盘，顶上放一撮鸡丝，淋上高汤。

日本人在豆腐面前，呈现出一种奇崛的清心寡欲。刚做出的豆腐，切小块，既不煮，也不氽烫，直接入嘴，作料全无。他们追求的，是极致的本源之味。

午餐，当我们吃着豆腐煲，孩子又一次提及小城芜湖那家饭店里的青菜豆腐煲，意思是让我下次也加点青菜进去。

癸卯正月初一，回小城芜湖探望双亲，在饭店也点了一道豆腐煲。大半年过去，小孩犹记它的鲜美。一座城市，恰好被长江、青衣江环抱——水好，豆腐可口；土质好，青菜美味。

在乡下，我自小学会如何做豆腐。是腊月，临近春节，大人自镇上买回一块生石膏。早饭粥烧好，锅洞中草木灰残留余温，石膏埋进灰中焙熟，火钳轻轻夹出，捣碎成末，备用。浸泡一宿的黄豆饱胖而亮堂，晶莹如琥珀。以石磨，一点点磨出浆水，用纱布袋过滤出豆渣。浆水烧开，舀至木盆中。热气滔天里，用葫芦瓢顺时针慢慢搅动豆浆，一边搅，一边加入事先兑过水的石膏末，徐徐地，徐徐地，浆水形成一个旋涡，让其静置几分钟，摆一根筷子入盆，筷子直直站住了，豆腐即成。

彼时，一家老少怀着喜悦之情，各自舀一碗豆腐脑享用着，连黄浆水也一起喝下去了。随后的事，由大人去完成。五斗橱的抽屉洗净，铺上纱布，豆腐脑舀进去，包上纱布，压上大青石，黄浆水汨汨而下。想要千张，便多压几块石头。剩下大半，统统成了豆腐，菜刀划成一块一块，托在手上颤巍巍，终日养在水中。三四日，换一次新水，可一直吃到正月十五。

我以白话叙述豆腐的制作过程，颇为无趣。读读元人张邵的七律，美得飞起：

漉珠磨雪湿霏霏，炼作琼浆起素衣。
出匣宁愁方璧碎，忧羹常见白云飞。
蔬盘惯杂同羊酪，象箸难挑比髓肥。
却笑北平思食乳，霜刀不切粉酥归。

苏轼更懂得享受，他一边吃豆腐，还一边不忘痛饮蜂蜜酒：

脯青苔，炙青蒲，烂蒸鹅鸭乃瓠壶。

煮豆作乳脂为酥，高烧油烛斟蜜酒。

正是受到他啃食羊脊骨的启发，近期，我时不时去内蒙古牛羊肉专卖店，买几根羊拐，焯水，小火煲汤久之，色如牛乳，喝着且黏嘴。

喜好撒胡椒粉的小孩，一碗羊汤尽，发出嗟叹之声。

剩下的骨头也不浪费，将骨髓小心剔出，一滴也不放过，全部吃下去。这样的羊拐，三四根足矣，所费菲微，八九元而已。下回煲汤时，也可放一条鲫鱼，切几块嫩豆腐。

富人有海八珍、山八珍之说。平常人家，羊汤豆腐，一样养人。

# 小麦覆陇黄

　　童年的味蕾不仅拥有着顽强记忆，也一定充满着神性——每年芒种以后，我总是渴望吃到家乡的小麦粑粑。

　　麦熟总在芒种时，天一直朗晴。起个大早，夜露未消，我跟我妈来到麦地，花一上午时间，将分散于各处的五六分地的麦子全部割下，捆起，挑至打谷场，脱粒，曝晒。

　　几日后，当我妈捻起一粒麦子，含于上下牙间，嗑瓜子一样，嘭一声响，便可判断出麦粒的干度。

　　一担赤金的麦子被挑去村口机房碾粉，意味着，除了粥饭以外，我们的味蕾即将享用到额外犒赏。小麦粑粑，也是一个二十世纪八十年代的幼童所能吃到的唯一美味。

　　和面，稍微醒醒。铁锅烧热，倒入菜籽油，青烟四起，挖一坨湿面放锅中，以锅铲抹均。薄薄一层洁白的面，于柴火的毕剥中一忽儿化身为深色，沿着锅边铲起，迅速翻身，两面均烤至金黄，临起锅前，撒薄薄一层白砂糖，卷起。

入嘴，香、甜、烫，别有韧劲。仿佛一种仪式，每家的第一顿新面，必定摊几张小麦粑粑。

小河边的瓠子，田埂边的南瓜，也是跟着新麦一起成熟的，可以摘来吃了。瓠子可搭配新麦一起做面汤。清水和面，揪成一个个剂子。木桌擦洗干净，撒一层干粉，以酒瓶擀面，擀至刀削面那样的厚度，用刀分割成一拗拗细长条，以防粘连，再撒一把干粉。瓠子切细丝，菜籽油锅里炝炒，加水，大火顶开，面条下入，再中火顶开，撒盐，起锅。小孩子可以连食两三碗，碗底汤，也要一饮而尽。

起初的六月，我们每个人浑身上下似一齐散发着新麦的气息，具体也形容不好，就是那股销魂的麦香气，宇宙星辰一样亘古不变。

除了瓠子面汤，晚餐我们还吃南瓜疙瘩汤。如此吃法，大抵算急就章。妈妈们做了一天农活，身心俱疲，不复气力擀面汤了。

随便挖几葫芦瓢麦粉，放在小菜盆中，清水和之，尽量粘稠一些。这边厢，南瓜削皮去瓤，切滚刀块，烈火猛油断生，水开，敞开右手四根手指自盆中捞起一坨湿面，以拇指、食指轻捻之，大小适中的疙瘩鱼贯而出，迅速于滚汤中成型，慢慢的，便都一齐浮上，熄火，调味，便是一顿。

疙瘩汤比面汤更有咬劲，尤其喜爱吃到留在碗底的最后一坨稀溜溜的糊糊，南瓜块早已化为无形，深深浸润于面糊之中，一气喝下，甜糯入骨，甚或不小心沾一滴到手上，也要舔舐干净。

这么多年，无论走到哪儿，再也不见我家乡的蒲团南瓜，外表麻癞癞，颇似蟾蜍的脊背。那种糯甜口感，世间无匹，无一可比拟。它一直沉睡于我的味蕾之上，半生难忘。

家乡地处丘陵，旱地少极，像我家每年收成一两担新麦，了不得。整个六月是可以敞开吃上十余顿新面的，除外，要把它们放进稻仓珍藏起来，留待寒冬腊月换挂面。

家乡的挂面，齁咸，是幼童们一直抗拒的。最记得，我妈妈将换回的挂面头子全部揪下，和着剩饭一起煮，最多加点青菜，便是一顿。

彼时，幼小的我，最怕吃挂面头子，鼻涕一样糊塌塌不说，还那么咸——每次吃到挂面头子汤饭，均恨恨的。故一直不太稀罕挂面，大约小时候齁怕了。

麦子因为量少，所以珍贵，连麦麸也不浪费。许多人家拿它与黄豆一起烀熟，联袂做酱。

是酷暑时节，在屋前场基边缘，用三根木棍搭一个三脚架，用以放敞口宽肚的酱钵子。发酵好的黄豆、麦麸一齐倒入，慢慢地，变得乌金黑亮，仿佛若有光。终日蒙一层纱布防蚊虫，一天天烈日下曝晒。落雨了，就盖上盖子捂紧。足足晒完整个酷暑，酱成。

我们家乡称这种佳酿不叫"酱"，而是"顺应"，叫"晒顺应"。

家乡古人有大慧。称"酱"为"顺应"，不就是顺应时节之意吗？哪怕是做一道平凡食物。

酱也只有酷暑时节才能发酵出来，麦麸、黄豆于烈日高温中漫长涅槃，便也成了酱。纵然是小小一种调味品的制作，也要懂得顺应天地自然的规律。

祖先的古雅，可见一斑。偌大一个中国，除了枞阳、桐城两地，也不知可有别地称"酱"为"顺应"的了？

我妈的胃一直不太好，她对晒顺应一直不感兴趣，故我们家的那点珍贵的麦麸，皆喂了鸡猪。别人家煮鱼，皆以顺应来调色增味，唯独我们家煮出的鱼，白生生。

也不知何时起，我们超市里售卖的面粉，渐渐消失了永恒的麦香气。

真正纯粹的面粉做出的馒头，有一种憨厚的本白，别有咬劲。

二十世纪八十年代末，举家移居小城，于皮鞋厂工作过一段时日。每逢黄昏下班，我都爱去食堂排队买馒头。

漫天白汽中，蒸好的馒头堆在笼屉中高耸入云。一只只馒头，胖大如手掌，惹人怜爱。当时正值十五六蹿个子的年岁，食欲旺盛——买好馒头的我，一边往家走，一边掰下半只解馋，一层一层撕着吃，除了麦香之外，还有一丝甜津津，润物细无声地遍布整个口腔。吃着馒头走在法国梧桐幽深的树荫里，我还会背海子的诗：收割季节 / 麦浪和月光 / 洗着快镰刀……吃麦子长大的 / 在月亮下端着大碗 / 碗内的月亮和麦子 / 一直没有声响 / 和你俩不一样 / 在歌颂麦地时 / 我要歌颂月亮 / 月光照我，如照一口井……

许多年不曾吃到如此可口的馒头了。

酷夏去山东，在一个小镇食堂宴席上，终于有了一盘平凡的馒头，每一只方方正正，脸一般大。大约上蒸笼之前，被拦中浅浅划了一刀，蒸熟后，便开了花。

我掰了四分之一，一股久违的麦香冲天而起，无须佐菜，适合小口，慢慢咀嚼，起先绵软，继而紧实有韧劲，然后是漫天遍野的甜……这才是麦子本源的味道。这馒头，并非工业化的惨白，而是自带幽光，是刚从田间地头来的淳朴之色。

# 味之道

同事居在乡下的双亲，每年喂养几十只老母鸡。

这些鸡的生活一直令我嫉妒——菜园里那么美的黄心乌，撇下的数层菜帮子，均成了它们的零食。我想吃点有机菜，必须起大早赶去农贸市场，还得碰运气。

每年大寒前后，她的双亲开始了宰鸡生涯。难免不央求同事带一只。

今年这只老鸡，大抵生活太过优渥，重达五斤。拎回家，找出利斧，一劈为二，半只冷冻起来，另半只煲汤。一小撮枸杞，五六片西洋参。不急，小火慢熬，香飘十里。

黄油弃之可惜，切半块进去一齐炖。

火候到了，鸡肉中的鲜味分子逐一释放到汤里，喝一口，微甜鲜美，无可比拟。

每喝鸡汤，必上火，牙龈都痛。正好亳州友人寄来醅制好的荞麦茶，饮茶一下午，方显滋润。

剩下的鸡汤，冰箱中冷藏一夜，面上鸡油早已凝固。翌日，正好用这黄油，做一道肉糜酿豆腐果。全瘦肉搭配一点五花，剁成肉泥，佐以葱姜薄盐酱油，磕一只鸡蛋，一勺淀粉，顺时针搅拌，直至肉糜充满黏性，一点一点塞入豆腐果中。

剩下的鸡汤大有用处，砂罐滚沸，豆腐果直接下进去，急火攻开，小火咕噜咕噜炖至入味。临起锅前，加一把菜薹。

这一罐鸡汤酿豆腐果中，倒是菜薹滋味拔得头筹，吸饱了肉汁，鲜美度十级，素菜荤烧的典范之作。豆腐果中的肉糜于鸡汤中浸泡久之，自身猪肉暗鲜的基础上，额外加持了鸡汤的亮鲜，口感嫩滑中别有韧劲，一口下去，瞬间爆汁，满满的醇厚之味。

植物蛋白、动物蛋白双剑合璧，宛如高僧得了道。什么道？味之道。

自从认识到摄取蛋白质的重要性以来，头顶上方始终悬一柄剑，最大限度做到三餐营养均衡搭配。早餐一定要有鸡蛋或卤牛肉，一碗白粥，佐以咸鸭炖花生或者黄豆。别看不起眼的花生、黄豆，其营养价值不输于山核桃。

午餐作为重头戏，牛羊猪鱼虾，必须占有一两样。豆腐作为高质量的植物蛋白，每周也要安排上。

整一年，注重肉类摄入，到了寒冬，确乎不太畏寒了。所有蛋白渐渐转化为肌肉，不仅使人有了力量，也为肉身的庐舍抵御着风寒。

入冬以来，家里大小三只砂罐，不曾消歇过。不是用来煲汤，便是用来炖菜。砂罐保温时间长久，正是冬日必备。一锅豆腐果酿肉离火，照样嘟嘟不停，送服半盏米饭后，整锅菜依然热气袅袅。热菜热饭吃下去，从头至脚都是滚泡泡的，十分舒豁。

凛冬时节，不就为着一口热饭吗？

天气愈冷，我愈爱炖菜，无须烦琐的炝炒煸熘。

秋天的时候，切了十余斤白萝卜丝晒干，此时，正是炖萝卜丝的好时节。

干菜嗜油，以筒骨煨汤，上面一层油不要撇，连汤汁一股脑舀到萝卜丝中，再加点前胛肉块，小火慢煨。是太阳与风的合谋，使得萝卜丝的香气充满着魔幻色彩，于屋子里四处飞扬，简直要打洞逃窜至屋外了。又是一例素菜荤做，美味得连最后一滴汤汁也不浪费，是甜的，可以泡饭。

来年深秋，还准备晒些莴笋、豇豆，只为留待大寒时节来吃。

一年四季，均嗜好喝汤，大寒尤甚。汤汤水水，最能滋润胃肠。

同事在抖音平台直接买回湖北洪湖的九孔粉藕，慷慨赠我一节最肥的，足足两斤。与小排同煨。藕块食尽，小排无人问津。整锅汤色呈铁锈，喝起，茸茸一片。夹一块藕咬一口，牵长丝而不绝，直至糊住嘴唇。

小时候，我妈做针线时，总会哼一首歌，我至今犹记：

洪湖水啊，浪呀么浪打浪。洪湖岸边，是呀么是家乡啊。

清早船儿去撒网，晚上回来鱼满舱……

歌颂殷实生活的一首小调。那些年的光景，并非人人可以吃饱穿暖，何来的鱼虾满舱？

多年过去，不承想，来自洪湖的粉藕如此美味。

一次，看美食纪录片，同样说到武汉人怎样煲这一款排骨藕汤。几片腊肉煸出油花，汇入排骨炝炒断生，加开水，大火顶沸，移入砂罐中，小火慢炖四小时，才最够味。

武汉还有一道财鱼藕汤。财鱼，即黑鱼，学名乌鳢。大约一斤重的样子，去骨去刺，改刀大块，爆炒断生，再加入滚沸的藕汤中，小火慢炖数时。

民间一直视乌鳢为大补之物，寒冬用来煲汤却也不虚。鱼生火，恰好被藕的凉性中和，殊为滋补。

武汉还有一道鮰鱼阴米汤。所谓阴米，便是将糯米蒸熟，晒干。鮰鱼的鲜美度堪比河豚，去骨后煲汤，当是最佳食材了。阴米粥，暖胃，美美与共于鮰鱼，不失为高质量的鱼肉蛋白，倒成全了一道碳水共蛋白的美汤。

南昌的瓦罐汤，早已成了非遗传承。南昌土著早中晚三餐，皆爱喝汤。食材不外乎鸽子、鸡、鸭、猪心肺、猪腰。个人最喜肉饼汤，因为简单。冬天为了去火，将雪梨一切两瓣，挖去内核，中间塞一坨肉，瓦罐中注入清水，加入几片姜、一点薄盐，慢火蒸出，如是类推，亦可在肉饼中磕一两只鸡蛋……真是滋润又补养。

饭店里讲究出菜快，一般将这些汤一股脑塞入蒸箱中，喝在嘴里，也叫汤。但讲究的老店，还是要用那种大缸，一小罐一小罐，分别以锡纸封口，上下排列，整整齐齐，缸底生一盆炭火，数小时煨制而出，味道最正。

小时候，我们家乡也有一种器具，俗称为煨罐，遍布黑釉，宽肚窄口，凸起的一个盖子，严丝合缝盖紧罐口。

烧完大灶，锅洞中堆得山似的柴火灰烬，余温未尽。半只猪脚剁碎，连水一起放进罐里，埋入余灰中慢煨，等到拿出，揭开盖子时，汤面还在咕噜咕噜沸腾。我最记得的是，黄鳝绿豆汤便是这样煨出来的，据说为大补之汤。

# 秃肺与苦累

多年前，看一本香港杂志，说是任达华妻子琦琦女士带着阔别故乡多年的老父回沪省亲。其父虽久居港岛，但一直惦记着一道上海古早传统菜。

下榻酒店后，琦琦瞒着老父央求行政总厨，无论如何要替老父一解夙愿。

酒店后厨大费周章，当真复刻出来。那菜甫一上桌，老人喜出望外，食指大动，一勺一勺，吃得干净，边吃边唠叨：还是那个味道，一点没变。

此菜，名曰——青鱼秃肺。

作为一道冬令，这道菜的主要材料，不过就是青鱼的肝脏而已。主角为半斤青鱼肝，配角为冬笋、青蒜若干。

鱼肝，洗净，沥水，切薄片。锅置旺火烧热，熟猪油化开，七成热时，入葱段爆香，汇入鱼肝，摊于锅底，薄煎两秒，掭翻一下。烹入黄酒，盖锅焖三四秒，加入焯水后的笋片、姜块、酱油、白糖、米醋、肉清汤适量，滚开后，改小火焖三分钟左右，湿淀粉勾芡，淋入麻油，装盘，撒上青蒜丝即成。

这道秃肺，作为上海老正兴菜馆独创的冬令名菜，名扬久矣。据传，清末，上海菜馆所经营的青鱼菜肴，皆以肉段切块，红烧后，装盘出售，或者另加衬料烧汤，如炒鱼豆腐、炒鱼粉皮之类，作便菜供应。随着上海商业的发展，商人频繁去饭店设宴请客，对菜肴的要求越来越高，饭店经营者不断研发创新，增加各式别致菜肴，渐渐出现了诸如红烧全鱼等菜肴。民国初期，上海杨庆和银楼老板的儿子杨宝宝，作为一名老饕，当然也是老正兴菜馆的一名常客。

杨公子尤其垂青该店的青鱼系列，对于鲜美绝嫩的青鱼愈食愈精。一次，他忽发奇想，既然青鱼肝可以制成贵重补品药物，趁它新鲜之际，何以不能制成菜肴？饭店大厨在杨公子的启发下，取用八斤重的青鱼肝，加上笋片、青蒜等搭配后，烧制而成一道菜，名曰青鱼秃肺。

秃肺含有大量纯鱼肝油，加热稍煎，以酱油、黄酒、白糖等调味烹制后，嫩如猪脑，油而不腻。加上青鱼肝，补肝明目，食之具有健体之功效。不久后，名声大噪，至二十世纪三十年代，成为老正兴著名的菜肴之一。

周末，在露天菜市，一位摊主正在宰杀青鱼，两条，各有四五斤重。指甲盖般大的鱼鳞，于刀下翻飞。所有的鳞片剖尽，刀口沿着鱼腹咕叽一声刺开一道直线，内脏尽出，丢弃一边。我一眼看见浅粉色青鱼肝，窄而长，沁了几缕血丝，泛着幽光……那一刻，确乎动了心，想拿回家，效法一道青鱼秃肺。

不知何故，上海人何以称鱼肝为秃肺？真正的鱼肺应为鱼鳔才对呀。

我向摊主嘟囔一句：这青鱼肝是可以吃的。摊主回应道：对，过去像这种大鱼，鱼肠也是可以吃的。大抵现在生活水平高了，人类开始注重养生，知觉内脏胆固醇高，乏人问津。

小时候，寒冬腊月，我在小河边洗衣服，确乎看见过大人杀鱼时将鱼肠留住，抓在手里滑溜溜，用剪刀小心刺开，放在水中摆一摆，把大脏洗掉，再将鱼肠盘在手中，一边吐唾液一边揉捏，发出轻微的咕叽咕叽声。肥厚的鱼肠浅粉欲滴，在冷风中煞是好看。

前阵子，在一档美食纪录片中，无巧无不巧地又获得了一种秃肺的做法，叫蟹粉秃肺，奢靡而烦琐。

最好是一条七八斤重的青鱼，取其肝，血水清洗干净，斜刀薄片，放黄酒中浸泡半小时去腥，备用。河蟹两只，蒸熟，取膏黄蟹肉，备用。素油入锅，八成热，将鱼肝入油锅熘上几秒钟，快速起锅，沥油。锅底少许油，蟹肉汇入，稍作烩炒，再下鱼肝，泼一瓢高汤，大火收汁，装盘。

纵然吃不着，我的味蕾顿时感知到，这道菜的口感，想必滑嫩鲜美。

那日，差点将两条鱼肝捡起带回来。想其做法，颇为烦琐，理智地知难而退了。我早已没有了剥蟹耐心。前年曾为孩子剥过两只螃蟹，历时一个半小时，低头久之，颈椎酸痛难忍。劝退我的另一原因：现在很难遇见野生青鱼了。养殖出来的鱼，腥味极重，处理不好，整盘失败。曾买回一条养殖的鲢胡子，油煎时，烹入大量料酒去腥，佐以老姜小葱，上桌时依然腥气难消，无人下箸，最后忍痛倒掉了。

何况鱼之内脏，腥气更重。

青鱼作为四大家鱼之一，在吾乡，我们称它们"青混"，还有"白混"，二者体形相当。二鱼处于食物链顶端，荤素皆可，既食小鱼小虾，水草亦可，长得膘肥体壮。这种青混，我们一般用来做鱼丸，或者汆鱼片，亦可腌来食用。

白混次于青混，也一样可用作打鱼丸、汆鱼片。

这两种混子，鱼鳞大而圆且硬，给童年的我留下深刻印象。大人们多用来腌制，风干后，剁成一块块，密封于瓦罐，春日食用。鱼肉取出时，呈深红色，格外诱人。

苦累，大抵是流行于河北保定一带的菜肴。

天性对"苦累"这两个字抱有好感——大约出于自小受着苦日子鞭打过的惺惺相惜。

苦累的主要原材料，就是玉米糁子，外加一点切碎的蔬菜。二者相携，加水、盐适量，拌匀，摊平于锅底，蒸熟，再分割成一块块，色拉油煎至两面焦黄色即可，佐以小米粥或者豆浆，绝配。

我尤爱玉米糁子做出的食物。二十年前，刚来这座城市落脚，一次酒宴上，服务员大气磅礴地端上一个铁锅，里面炖着野生小杂鱼，随之，老板娘出，她端一面盆湿漉漉的玉米糁子，搁在桌沿，两手熟练团起一个个玉米剂子，啪一下掼到滚沸的锅沿，一连串啪啪而下，不偏不倚，不上不下，玉米粑粑齐崭崭围起一圈。我在一旁看呆了，着实惊叹她的技艺，用欧阳修的话说：无它，唯手熟耳。七八只玉米粑粑落定，老板娘啪一下盖上锅盖，叮嘱我们稍微焖上十分钟，开食。

厮夜，我吃到最美味的玉米粑粑，入嘴微甜，玉米的颗粒感，粗拙地于舌上翻滚，待吞下去了，却又有了别一份值得回味的细腻，宛如粗瓷而不掩本身的光彩。一连吃了两只。因这夺目的粗粮，一桌琳琅佳肴，皆失色。

过后，我再也没有吃到过如此美味的玉米粑粑。

近年，隔壁小区新开一家饭馆，名唤山东地锅炖。频繁光顾，正是冲着这平凡的玉米贴饼。

老公鸡炝炒断生，掭入地锅中，上桌。玉米饼沿着锅边一溜贴住了，盖上盖子，中火慢炖二十分钟揭盖，白雾袅袅中，鸡肉的香气混合着玉米粑粑的焦香，真是无上享受。

我不爱鸡肉，一连吃掉两个玉米粑粑，那种粗朴的颗粒感，带着丝丝缕缕的微甜，呼啸着，氤氲着，盘旋于舌上，惹得唾液翻涌，一点点濡湿焦脆的粑粑，复一口口滑入胃囊。

有时吃不掉，打包回家，再入微波炉热几秒，滋味大不如前了。

　　玉米粑粑，须即炕即食，要的是那种时不我待的热锅滚油感。当时明月在，只照彩云归。唯有用来回忆，用在美食上，是要失效的。

# 晚菘临霜

午后小憩，到底睡过去二十分钟。午休可以睡着，于我好比中彩般稀有，一年当以月计，到底难得。

秋雨滴答中醒来，愣怔良久，有一种情绪漫漶而来，惆怅有之，寂寥有之，忧伤有之，且夹杂着一些低落……总归是人类悲秋的病症，滋味复杂。

倘在几年前，我会撑一把伞去居所附近的菜地转转。行走于一垄垄菜畦中，那些活扑扑的绿叶菜散发出的勃勃生机无比感染人，情绪慢慢缓和过来，往回走时，便都一切正常起来了。

自从那年，绿化工程队推平那片菜地，忽然把我变成一个失根之人，慢慢地，地气断掉了，整个人暗哑起来，仿佛失了灵气，生命中自此少了许多无以道明的乐趣。

以往那些年，每当这个季节，老人种植的十余株秋葵依然持续不绝地盛开着，有白，有紫，数黄花最富于神韵，宛如目睹宋元绢画——近观，娇嫩鲜妍，仙气飘拂；远看，仿佛镀了一层古旧色，满溢光阴的质感。

喜爱看菜地，潜意识里，莫非是想与童年建立一份链接？

自小跟随我妈练习种植，下田插秧，上山栽菜，一样一样熟稔于心。

这样的秋季，夜里渐渐地起了风。凉风有信，到底是一日寒似一日了，清晨蹚着夜露走田埂，颇有些寒脚了。菜园的茄子、辣椒、南瓜，已近尾声，到了谢幕之时，整棵植株挖起丢掉，空出的一垄垄菜畦，仔细翻新，握一把锄头，每一小块土坷垃都磕得细碎，挑一担草木灰掺入。鸡埘里掏出的鸡屎鸭屎鹅屎早已沤好，也要拌一点进去。

底肥厚，万事足。沿着菜畦，一垄垄，细致耐心地撒一遍青菜籽、萝卜籽。再留一垄半垄，分别撒芫荽、茼蒿、菠菜、莴笋诸籽。末了，垄上浅浅覆一层稻草，去塘口挑两桶水，慢慢洇透它们。若是连日晴，每个黄昏去泼一遍水。遇上雨天，无须过问。

过后几日，每当我被差遣着去菜园摘些豆角时，总是好奇那些撒下的菜籽是否出了芽，偷掀稻草一角查看——最先出芽的，一定是青菜、萝卜两样。一根根洁白的芽，缝衣针一样细，透亮薄脆的样子，自带光芒，不及寸长，实在怜俜可爱。然后，我再轻轻把稻草还原，重新盖上。芫荽、菠菜籽出芽慢极，短则一周，长则十数日，它们的芽更细，一副初来人世不知所措的样子。

等青菜苗、莴笋苗出落得一拃长，便要移栽了。空着的菜垄上，我妈用锄头钩出一只只整齐的小坑，我跟在后头，捧出一把把火粪，将这些小坑填满。

彼时，每家都要烧一堆火粪。当你行走于吾乡，旷野里总是飘荡着炊烟的气息，那是一堆堆火粪在缓慢燃烧过程中释放的田园之气，非常好闻。

大人随意在空地刨松一堆土，再拦中拂开，填上刨花、锯末、干牛屎、稻草等杂物，将土覆盖上，两头留有稻草，擦一根火柴点燃，起先是明火呼啦啦地燃烧，等烧到被土埋住的里层，便浓烟四起了。过三两日，等所有杂物烧至灰烬，再扛一把锄头，把火粪堆扒开，重新盘一遍，再铺上刨花、锯末、干牛屎等，燃烧一遍。开头刨松的这一堆平淡的黄土，在历经三四遍大火的淬炼后，便成了黑土，相当有肥力了。

二十世纪七十年代末，乡下的日子过得慢，不疾不徐的，为了获取一堆有机肥，人们耐着性子，一遍一遍地烧着火粪。春天烧，秋天也烧。

春天的火粪，除了用在菜园里，其余的都捧到了田埂上，黄豆大多点在田埂上，同样钩一个三角形小坑，依次点上三两粒豆种，以一捧火粪盖上，不及几日，黄豆出苗，一日日见风长，无须施肥，最多除几次草。庄稼的事情，一切皆可放心地交给风雨阳光，我们不必操心。

移栽南瓜苗、瓠子苗、豆角苗、茄子苗、辣椒苗时，一样一样都要用到火粪，黝黑、蓬松、肥沃的地气，真挚供养着这些植物，我们的一日三餐可依赖的，均是这些平凡蔬果。火粪是滋养一切可滋养的神物，它与我们的性命息息攸关。

秋天的时候，火粪的需求同样频繁，青菜、萝卜至少五垄。

黄昏，我们挑着水桶拿着菜刀来到菜园，小青菜秧子早已挤挤挨挨一团，密不透风地拥在一起。挑苗壮的菜苗，拔出，移栽——菜刀尖插入事先填好的火粪中，轻撇，恰好出来一个小罅隙，刚好够一株小青菜秧子坐进去，培土，压实，再以柔劲轻拎菜秧，使之不窝根，依次浇一瓢定根水。等所有的菜秧重新安好家，早已秋虫唧唧……

直起腰，驻足山冈，四野辽阔，天黑得空空荡荡，银河高悬头顶……我们在清秋的寂寥中回家夜饭。偶尔，一群大雁南迁，头雁巨大的双翅扑扇扑扇，它们一声迭一声地叫唤着，满是艰辛疲惫，沙哑的嗓音回荡在暮霭之中，总是灰苍苍的，幽深而广远，映衬得秋夜愈发深邃莫测起来了。

约莫十日，秋天的菜园最是美丽，但这美丽不比春日那么蓬勃多姿，而是肃杀清冷的了。一畦畦青菜重新活棵，天气愈冷愈长，初始的秧苗色呈浅绿，慢慢地被霜气一夜一夜浸过，便都一起变得幽深，再描一遍淡水肥，简直疯长，快速地抽枝散叶，将整个菜畦撑得密密实实，可以撷来享用了。

吾乡吃青菜，从未连根铲，只在每一棵植株上，撷下一片两片，含有珍惜的意思。

青菜、萝卜均是白露前后种下的，历秋分，逾寒露、霜降，到底迎来微甜时刻。是谓"早韭和露茁，晚菘临霜翻"。清早，踩着晨露去菜园，拔十余个萝卜，撷半腰篮青菜，小河边洗洗清爽，一路滴着水湿淋淋回家。萝卜切切，寡淡地烀一大盘。青菜切切，大铁锅烧热，倒入菜籽油，刺啦一声入了锅，快速拨拉几下，瞬间软塌，盛起。无论青菜、萝卜，入嘴，一样样透鲜甘甜。

整个秋冬，一村人都得仰仗这两样蔬菜滋养性命。

要怎样歌颂二十世纪八十年代初期的青菜萝卜呢？它们一直留在一个幼童的味蕾上生生不息。

彼时水稻产量一直上不去，故一日三餐，家家过得节俭，早餐喝粥，午餐米饭，到了晚餐，就着锅里剩饭舀几葫芦瓢水加进去，烧烧汤饭吃吃，顶多切一大把青菜进去，再挖一勺猪油，搁点盐，便是一餐油盐汤饭。无论大人、孩子，漫漫长夜里，也不晓得饿，当真咄咄怪事。

对于青菜萝卜的感情，无以言明，它们一直印刻于我的血液之中。前些年，殊为感谢居所附近那一片菜地对我的精神滋养。自从它们突然的消失，我的心气也渐散了。这样的秋雨天，再也无处可去。

我妈在秋天还栽过十几棵黄芽白。不知何故，它们一直没有气力自己把自己紧紧包起，一个个巨大叶片总是散开，七歪八扭的。我妈想了一个法子，用稻草搓成一根根细绳，一棵棵将它们拦腰捆起，过几日，怕勒坏了它们，再去松一松。有一个雪天，我被差遣着去菜园摘菜，当踩着雪粒子咕吱咕吱的，老远望见十几棵黄芽白瑟瑟的头，有的草绳早已溃散，有的依然被缠在腰间，它们披着一身雪站在那里，异常落魄的样子，我永远不能忘……那日，大冷有冰。

# 辞暮尔尔，烟火年年

北风呼啸，一夜入冬。门前洋槐树叶不及泛黄，枯蝶一样半空中打着旋儿，阳光打在脸上不再温热。每一走在风里的单衣人，萧瑟如宋词，不敌风寒。

这个时候，要御寒了。

菜市有一店铺专售山羊肉，羊排羊腿，均价。

砍下两根羊排，勉强一斤，不够吃，再割些纯瘦肉。老板提一把剔骨刀，寒光凛凛走向一条倒悬的羊腿，唰唰几下，手起刀落，骨肉分离，羊棒骨上一丝肉星子也无，好技术，值得点三个赞。

羊极新鲜，肉质暗红如玫瑰，膻味淡淡浅浅。冷水下锅，小火焯水后，先捡出羊排熬汤，任何香料也不必，几片姜、两根胡萝卜，吃羊的原味。

羊汤熬好，捞出羊排，另存。热锅冷油，京葱段煸至金黄，几片姜，羊肉块下锅爆炒，老抽上色，加滚水，移自砂煲，小火慢炖半小时，再汇入事先煮好的羊排。熄火前浇几瓢羊汤，下一把粉丝，撒一把芫荽。

肉质上，山羊明显优于绵羊，韧香弹牙，有余韵。

我喜欢买毗邻羊脖部位的羊排，脊骨上覆盖一层肥厚的白色物质，形似羊油，但口感上近于软骨，香糯、酥脆。

问这羊可有一岁，店家如实相告：七个月。哦，那算羊羔了。想必烀半小时即可？米饭煮好，品尝一块，不甚烂，继续小火慢煨。

为纾解等食的焦灼，手机打开听《牡丹亭》片段，当然是"懒画眉"：

> 最撩人春色是今年，少什么低就高来粉画垣，原来春心无处不飞悬。是睡荼蘼抓住裙钗线，恰便是花似人心向好处牵。

这样的词，绝倒世间一等一的汤显祖。

将华文漪、张继青、龚隐雷、沈丰英、单雯版本分别听一遍，羊肉终于烂了。

这羊腿肉实在是好。

打算买回一只小型烧烤炉，狠狠烤一批羊肉串，煞煞馋。每年冬日，倘去街上办事，总被新疆人羊肉串奇异的孜然香气诱引得垂涎三尺。驻足，拿上五串，每串六元，一串四颗小肉粒子，寒风中一忽儿便结束了，不解馋，愁苦不堪，不曾有一次吃得过瘾。

一定要买上两斤纯腿肉，切四四方方大颗粒，生姜洋葱水里浸过，撒薄盐、孜然、刷油，烤上几十串，吃到打嗝为止。

这些年，想吃内蒙古的羊肉烧麦而不得，淘宝售卖的，均是预制菜性质的，不值得吃。羊肉烧麦，适合现包现食。这个冬天，何不亲自动手？姑且以饺子皮代替烧麦皮，羊肉肥瘦适中，手工剁至颗粒状，加点羊油、水、京葱粒，好好包上几笼。

近三十年，不曾吃过正宗的羊肉烧麦了。

御寒食材，除了羊肉，老母鸡丝毫不输。

一年生铁脚鸡，最好是皖南鸡种，两斤左右，头小冠红，羽色光滑闪亮。内脏去除，洗净血水，一瓶开水，汆烫去腥，矿泉水下锅，姜片、枸杞、石斛、虫草花适量。用砂罐，急火攻开，小火慢炖三四小时，拎起鸡腿轻轻一抖，骨肉分离。撇去浮油，舀一碗，不放盐，清口喝，滋味惊艳。

抑或另起一锅，鸡汤滚开，下口蘑、黑豆豆腐、鱼丸，撕些鸡丝，起锅前，投一撮鸡毛菜，一丢丢盐即可。数样食材入嘴，除了老鸡鲜香的底色，各有各的滋味。但最不该忘记的是，放一把龙口粉丝。

以往一直以为龙口粉丝大约为米粉所制，不甚稀奇，直至看一档美食纪录片，介绍的正是这烟台地区的特产。主要材料是去皮的绿豆粉，少量豌豆粉，经过繁杂工序发酵而成，久煮不烂。

去冬，网购一箱，一直吃到今夏。这粉丝分别携手过羊汤、牛骨汤、鸭血豆腐汤，但远不及牵手鸡汤如此佳偶天成。

早年，从孩子奶奶那儿习得一道汤——木耳鸡汤蛋糕。鸡蛋五六枚，不放水，蒸成鸡蛋糕，切成拇指大小正方形，与木耳同下鸡汤中。此汤，鲜美度，冠绝孤城。

前阵，朋友去日本公干，问可要代买点什么。倘是早年，想必需要若干瓶爱思凯图，如今到底消费降级，抹脸的均改成了国产货。我第一想到的是，带一口铁锅。

家里炒锅无数，皆不甚满意。

当下，对一切，仿佛消失掉过分的追求之心，唯余一日三餐心心念念。寒风里瑟瑟回家，一锅鸡汤早已煲好。抽油烟机轰鸣如琴声，灶火啪嗒，煎炒焖煮，食材的香味里，人间的一口口活气伏脉千里，整个人明亮起来了，甚是抚慰。

不过是辞暮尔尔，烟火年年。

# 海鲜、馊气及其他

平素负责一日三餐的采买。

往年，时不时逛进口超市，会给孩子带一份新鲜三文鱼。就着店家赠送的一小份袋装日本酱油，小孩三口两口，吃得欢欣异常。我不爱鱼生，喜欢平底锅一层薄油，煎熟吃，略微浇点山西陈醋，滋味殊异。

去年三文鱼价格为每斤199元，今年忽然飙升至269元——略切一块背脊，七八十块不翼而飞。

实在下不去手。

萧红在《呼兰河传》里写一个生意人，担着两筐豆腐路过一穷苦人家门前，听着窗外叫卖声，穷苦男人简直发狂，纠结了又纠结，末了在心里呐喊"大不了不过了"，捏着几角钱挣扎着出门买一块豆腐吃，是怀着毁家纾难的决心。当今太平年代，买一块三文鱼，我也不至于到毁家纾难的地步。但如此高昂物价，实在不忍。

某日，去那家超市，碰见三文鱼鱼排刚被切下，新鲜欲滴的样子，便买了一盒。嗯，确乎消费降级了。

鱼排洗净控水，两面薄油煎至焦黄，适量黄酒去腥，七八片姜片提味，加纯净水，一股脑倒入砂罐，熬煮，汤汁瞬间乳白，依次加半块黑豆豆腐、十余只青鱼鱼丸，小火慢炖，每一间屋子皆飘拂着来自大海的咸腥之气。熄火上桌前，撒胡椒粉增香。

我一边做家务一边幻想着，小孩放学回家，想必食指大动。

现实难免事与愿违。

在我的一番忽悠下，诸如深海鱼汤含有钙镁铁等大量矿物质啊，可以增强记忆力啊……他勉力喝下半碗。剩下大半，我这个煮汤人含泪也要喝下去。将鱼排上粘连的红肉悉数啃尽，肥腻的鱼腩挑出丢弃，撇开浮油，我与家属各自灌下一碗。

本着一贯的趋真精神讲，这罐鱼排汤，确乎不够鲜美，连淡水鲫鱼汤也比不上。

大海鱼鲜，讲究现食活食。这种鲑鱼，出海后利用高科技冰鲜技术，千里万里之遥地到达内地餐桌，早已消失掉鲜的灵魂。

有一年秋，在上海的宴席上，吃到一种极新鲜的带鱼。自大海捞出到达餐桌时长，不超过三两时辰。一双黑瞳，亮如星辰，尺余长，改刀寸段，银色鳞片白如锡箔，略微一点酱油，姜片亦省略，清蒸出，上桌。入嘴，鲜香扑鼻，真是大味至简。我一人默默埋首饕餮——原来这世上，竟有如此带鱼圣品。众人的笑语晏晏中，我独自钟情这一味海货。东道主热情，频频劝菜，末了，见我无动于衷，到底急了，幽默一句：钱老师，你怎么不吃皮皮虾呢，是不是嫌它长得丑！满桌哄堂，趁众人笑之余韵，我将最后一块带鱼夹入自己碟中。

回庐后，有大半年，我家不曾有带鱼身影。内地的冷冻鱼，实在不值得吃。海味清蒸，入嘴清甜，肉质绵如丝帛游魂，令五千年沉睡的味蕾重新复活，实在难忘。

有一年在温州，吃到一碗海鲜面，颇为惊艳。温州人擅养生，开席前，在酒斟上，未举杯前，服务员适时奉上一小碗海鲜面，意谓，将食客的胃垫一垫，避免空腹饮酒伤胃。面对那一小碗面，彼时的我颇为烦难，得有多腥呢？试着挑一根面，品砸，嚯嗬，何等鲜美。一忽儿，一碗面见底。那碗面里，除了海虾，还有众多贝壳类生物，处理得恰到好处，嫩而不柴，鲜而不腥。

回到内地，根本不敢如此效法一碗海鲜面。唯有及时出水的海鲜，才配得上一碗素面。我们的城市没有大海。

实在不智——隔着千里万里大海，我的三文鱼鱼排汤失败了。

前阵，晚餐的菜不太够，去饭店要了一份辣椒炒肉。无论辣椒，还是肉片，殊为可口，唇齿间隐约飘荡着一股特殊的镬气。所谓镬气，即锅气。

这种锅气，家里是炒不出的，必须200℃高温，菜品遇热，瞬间成熟，才能保持住那种镬气。我们平常下小酒馆，纵然一盘小炒，也能吃得到那种镬气的。饭店里煤气灶特殊制成，除了无数密集的空洞，还有鼓风机加持。铁锅置上，鼓风机启动，呼呼如狂风怒吼，薄薄一层铁，在火力猛攻下一忽儿到达200℃，烈火焰，瞬间断生，菜品于高温涅槃下进行一系列美拉德反应，故炒出的菜没有不合口的。

一日日的餐桌上，小孩隔三岔五发出天问：妈妈，你怎么还不出差？

实则，他是馋了。我出差后，他则可以肆无忌惮下馆子去了，可以享用到那种遍布镬气的菜品。

我们这座城市有一家"老乡鸡"连锁餐饮，孩子最为钟情他们家鸡汤。我不服气，悄悄复制店家的流程做，用矿泉水，唯一的，不放鸡精。每买回一只老鸡煲汤，孩子总反映，比不上店家的鲜美。我嗤之以鼻，除了鸡精刺激下的那种廉价的鲜，我的鸡汤哪一点比不上了？

作为一个具有好强之心的人，我且不服。昨日，去菜市，又拎回一只老鸡，一劈为二，一半冻藏冰箱，一半斩至小块，沙煲慢煨。汤滚，撇去浮沫，改小火咕噜，加了若干霍山石斛、一整根美国西洋参、一小撮枸杞。咕噜三小时，香气剧增。

这罐汤确乎大补，小孩子滋滋喝下一整碗，抹一下油嘴，给予点评：你要是放一勺味极鲜就更加完美了。

鸡精，真是毁坏着一代代人的味蕾。

作为生于二十世纪七十年代的人，我追求的是食物的本源之味。"00后"的孩子味蕾在工业化鸡精的刺激下，怕也早已变异。

今早，在菜市，路过一处蔬菜档口，摊主极力推销他们的瓟子。我淡淡一句：瓟子要到割麦时节吃，才有瓟子味。男人笑笑，轻声道：你再等十几天，露天种植的瓟子就快了。

我始终记得，小满以后，新麦打下，有瓟子疙瘩汤吃的童年日月。瓟子喜水，大多植于河边。我的印记里还深深镌刻着——当早稻秧在水田里葳蕤返青时，瓟子上市了。一生忘不了。

菜市偶遇本地产洋葱上市，扁圆，胭脂紫，称了两只硕大的。配了一斤野生鳝鱼。

鳝鱼过热水，去除表皮一层滑腻的白衣子，切寸段备用。剥十余粒老蒜瓣，一小块咸肉切片待用。锅热，色拉油少许，下咸肉、姜片、老蒜瓣、青花椒一撮，爆香，熘鳝鱼段，黄酒、酱油适量，鱼段收缩后，一罐啤酒，中火焖熟。另一口锅热上，猪油炝炒洋葱断生。末了，两锅合二为一，混合一起，起锅前，少许宁化府食醋即可。

作为一名老古董，超市里那种九毛九一斤大棚中批量生产的洋葱，不曾进过家门，唯一对露天种植的本地产洋葱情有独钟。故今天的餐桌上，有了一客洋葱炒鳝。顺应四时节序，不时不食，说到底，还是留恋朴素的本源之味。

# 早春时令

立春以来，北纬35度的这座城市持续低温。激励人离开温暖被窝起早的，莫非去菜市淘点时令鲜货？野生鱼类，有机蔬菜……去迟，买不到，要赶早。

今天如常早起，旋风一样赶去菜市。当称好一块黑豆豆腐，掏手机付款时，口袋空空如也。大约走得急，落家了？若回去取，一来一回耽搁，确乎浪费时间。转头走向售卖鸡蛋的门店，一边咨询老板可否借五十元现金，一边从钥匙包内抽出一张某超市百元提货单递与他，算作双倍押金……老板心宽，见我不像无赖，遂慷慨借出五十元。

早春，正值野生鲫鱼抱子时节，不在吃肉，而是喝汤吃鱼子，摄取高蛋白。挑两条肚鼓腰肥的，斤余，甫一剖开，一坨坨鱼子呼之欲出，鱼肠细如丝线……

热锅冷油，煎至两面焦黄，少许黄酒去腥，加滚水，鱼汤秒白，依次投入豆腐、鱼丸，改中火……不一会儿，拇指一样鱼丸，膨胀如乒乓球那么大，豆腐浑身上下布满蜂窝状孔洞，一齐漂浮于汤面。改小火继续焖煮，一边听闻锅内咕噜咕噜的微响，一边剥黄泥笋，无比治愈。

虽说春阴绵绵，情绪难免低落，但略微振作点投身于厨房，也不会太抑郁。

雨水时节，来自徽州的黄泥笋，甚是美味。雷笋，要到惊蛰之后，口感才好。

笋的知己，非咸肉莫属。

冬至前后，会腌一刀咸肉，年年如是。去冬的那刀咸肉，可惜不及早春，全部食毕。开春后，馋劲纠缠难散，不得不去菜市拎回一刀。制作咸肉，一定要选上等好猪，最好是家养的黑猪五花，有奇崛香气。家养猪，大多吃山芋、米糠、豆渣等熟食，产出的肉，滋味殊异。晾干后的颜色煞是好看，肥肉透明如琥珀，瘦肉艳如胭脂。热锅里焗熟以后，依然清澈透明。

咸肉作为一道百搭食材，我真要好好歌颂它，宛如托举你上马驰骋的恩人。笋作为咸肉的难得知己，一如佳偶天成——滚切刀，冷水下锅，少许盐，焯一下，捞起，放水龙头下激一下，取其酥脆口感，备用。咸肉热水浸泡二十分钟，洗净，切薄片，焗出油脂后，入笋块爆炒，移至砂罐，加适量水慢炖，汁如牛乳，无须盐去调味，少许酱油即可。

虽说腌制物不利于健康，但人之所以充满人味，不就是有弱点吗？谁克服得了咸香的诱惑呢？芦笋、蒌蒿、胡萝卜、水芹……这些鲜品，一样样，哪个少得了咸肉的加持？也不必贪多，略微几片便好，特别下饭。

中国人吃菜的最高境界，无非下饭。

经过漫长寒冬的煎熬，春来，脾胃虚弱难免，总是苦于没胃口，但餐桌上若有一味咸货，何愁刨不下一碗米饭？

中医养生学提倡，春天升阳。所谓升阳，不就是宣肺吗？白色蔬菜皆养肺，首选白萝卜。这种块根类蔬菜，价极贱，超市特价，一斤九毛九。惜乎不太可口，怎样料理才能成就美味呢？

一日，忽发奇想，泡一小块咸肉，煸出油，将萝卜滚刀切块，汇入爆炒，祛除辣腥气，移至砂罐中，加水，小火焖煮半小时，入嘴即烂，口感鲜甜，绵而无渣，简直涅槃了，滋味不输于腌笃鲜。咸肉的加入，使得平凡无奇的萝卜化腐朽为神奇。午餐一人食，恨不得顿顿咸肉萝卜果腹，连汤也不浪费，或者清口喝，或者用来泡饭。

中医养生学还提倡，春天疏肝。适当补充些甘味，可养肝。嗜甜，也蛮符合人类天性。不时不食，恰好菠萝上市，何不做一道菠萝咕咾肉？瘦肉半斤，切拇指大小方块，裹一层面糊，油炸至金黄，捞起，复炸一次，口感更加酥脆，备用。菠萝切丁，淡盐水浸泡十分钟去涩，备用。锅底少许油，熔化适量白砂糖，煸香番茄酱，加入酥肉、菠萝烩一烩，起锅前，勾薄芡。

水果、肉类一同入馔，味甘而解腻，是春风一度的清新。

荸荠，养肺清肠，也是早春一味。菜场、商超售卖的，大多药水浸泡过，皮肉之间呈现溃烂状态，不敢问津。我多从固定的美食群内团购，来自长江边无为县的老品种，色泽绛红，芽尖高耸，怜俜可爱。白瓷碟中储点清水，养三两枚，可放书桌前当清供。

怎样吃它？外皮刨了，与肉片、木耳、青蒜同炒，异乎寻常的清口小菜。也可做甜羹，与银耳、桂圆、红枣、百合、枸杞同煮，脆而无渣，似雪梨，解了春躁。

我童年时，煮好早饭粥，将荸荠埋入灶洞灰烬余温里焐熟，掏出来，吹吹拂拂，外皮轻轻一揭，丢进嘴里大嚼，出奇的满足快乐。

"西塞山前白鹭飞，桃花流水鳜鱼肥。"时节过到雨水，气温依然偏低，小区里几株桃树尚在育蕾阶段，但鳜鱼的鲜美，向不打折。吃鳜鱼，不能贪大，大了肉老，最好斤余重样子。油煎前，切十字花刀，便于入味。虽说是鲜鱼，但我喜欢采用徽州臭鳜鱼红烧做法。煎好，香醋、酱油放足，新鲜笋丁、香菇丁横陈鱼身，加适量水，小火慢炖。起锅前，撒一把芫荽，齐活。

前阵，早早向鱼老板预订野生泥鳅。每次去，每次问，次次落空。野货，实在难搞。老板言，等春耕开始，就有了。

泥鳅怎样吃？掏出内脏，去除头尾，洗净，晾干，油炸，再卤煮，辣椒、花椒一定放足，煮到挑一条泥鳅横在嘴边轻轻一扯骨肉分离为止。春寒雨丢丢的早晨，下一碗泥鳅面，胃暖了，心也暖了。

无论烧鱼，抑或烹肉，搭配上乘酱油、香醋，才能锦上添花。陆续买回的山西宁化府香醋、四川泸州先市酱油，连小孩都可闻出那种来自粮食的原始香气，并非色素、香精勾兑出的那样冲鼻。

古语云：由俭入奢易。但生活实践中，由奢入俭，就太难了。自从宁化府香醋、先市酱油进了厨房，纵然下碗白水面条，但凡加一点，吃起来也是美味滔滔。考虑价格因素，重新买回大众化酱油食醋，做起菜来，总是不让人满意，美味减损大半。人一旦尝到甜头，再退回去吃苦，比登天还难。

南方运来的蚕豆、豌豆，不失为一道早春时令。前者适宜汆汤——老蒜瓣拍扁，入油锅爆香，蚕豆米汇入爆炒，加水烧开，串一两只鸡蛋花，少许麻油，汤清豆绿蛋花橙黄，喝起来，解腻，清口。若嫌素淡，可汆入二三两瘦肉片，滋味更鲜。

豌豆，选老嫩适宜的，剥出米粒，加胡萝卜丁、肉丁爆炒，便是一道碧绿深青小炒，下饭又营养。或者买豆粒泛黄的，加咸肉丁，煮一锅糯米饭。要用铁锅，锅底刷一层油，米饭焖熟，再加把微火，便可得到一层焦黄酥脆锅巴。

脾胃虚寒的人，在早春，时不时被胃痛困扰，需要温胃。怪不得我一到春天，格外想吃糯米饭。糯米性温，养胃。这也是身体向味蕾发出的信号，缺什么补什么。

昨夜泡了些许糯米，今早蒸屉上铺一层纱布，隔水干蒸二十分钟，趁热吃，既不添糖，也不加菜，囫囵寡口咀嚼，韧而暄软，滋味无尽。剩下半小碗，放凉，平铺于煎锅，少许油，慢慢焗，成就一张焦黄酥脆的糯米锅巴。家务间隙，掰一小块大肆咀嚼，可算找着一条通往童年的路。

小区隔三岔五，总有一对亳州来的夫妇进驻，摊位上摆出五彩缤纷香料。今天的摊子上，竟有胡栀子。一枚枚玲珑翅果，落日一般灿黄，绚烂而美。买了一两，准备做云南美食——五彩糯米饭。

紫甘蓝、菠菜切碎，揉出汁液，可获紫、绿两色。胡栀子泡水，有了黄色。红豆加水煮开，红色也有了。

一日日围绕厨房无事忙，蛮充实，挺好。

# 晚春时令

一个春夜的宴席上，有一道惊艳的汤。鲴鱼切片，油煎至两面焦黄，熬汤上桌。盛在一只扁平陶钵中，小火温着，让其一直保持90℃以上的烫……众人一边饮酒，一边小声惊叹这道汤的独特。菜品转了一轮又一轮，汤勺碰触汤钵的微响始终不绝。

倘若鲫鱼汤的鲜美度为五度的话，鲴鱼汤一定是十度，入口刹那的鲜味，如烈酒浇喉。再吃一片鱼片，肉纤维韧而鲜香，回味无穷，又似山泉绕壁了。

随鲴鱼汤一同上桌的，还有一小份新鲜草头。

怎样吃它们？夹一小撮草头放在汤盏底，舀一瓢滚烫鲴鱼汤浇上去——草头于高温中瞬间断生，由原先的浅绿变得深青，入口清新脆嫩。再顺一口汤，鱼鲜的浓郁将舌尖上残留的一丝青草气席卷而空，滋味无尽。

每年春天，我都要清炒几次草头尝新，总是苦于它的柴。纵然烈火炝锅四五秒熄火，口感照样粗陋，愈嚼愈柴，吞咽过程中还刮喉。却不曾有灵感，用100℃的鱼汤去催熟它。

故一流大厨堪称艺术家，他们的可贵，在于不停创新。

翌日，准备复刻这道美味。冒雨去菜市，挑半斤草头。惜乎不见鲴鱼，退求其次，以野生鲫鱼替代之。同样将鱼煎至焦黄，文火炖煮数小时，汤汁咕嘟中，草头随下随食……

鲫鱼汤的鲜美，无法媲美于鲴鱼，聊胜于无吧。

依稀记得，芜湖人称鲴鱼叫"江团"。

现在吃到的鲴鱼，惯是养殖而成。我们这里有一家烤鱼店，一直是他们家的拥趸，每次去，只点鲴鱼。

一条整鱼，自背脊剖开，以各种香料腌制，夹上铁架子，炭火烤至焦黄，再放入汤汁中小火慢煮。鱼食尽，就着汤汁，涮菜。

多种口味，豆花烤鱼、酱香烤鱼、酸菜烤鱼……十余年，我们一直钟情于麻辣口味。一条鱼仅斤余，却配以一碗新鲜杭椒，切寸段，滚油中刨一遍，捞起，直接堆叠于鱼身，服务员一路小跑着上桌。

据说湖北有一道名菜——蟹黄鲴鱼肚。大致做法：新鲜母蟹两只，上笼蒸熟，剥出蟹膏、蟹肉，备用。以猪油炸鱼肚，等鱼肚松软起泡，熄火，热油浸泡十分钟，捞出，片破两边，再入油锅。起锅后，放入冷水中发透，切成薄片，在少许碱的热水中烫一下，以便松软，备用。锅置旺火，下猪油，姜末少许，连同笋丝、冬菇丝，蟹黄、蟹肉同时爆炒，下高汤，再下鱼肚，加味精、酱油、盐，以湿淀粉勾芡，加醋，起锅盛盘，撒上葱花、胡椒即成。

看字面意思，颇为疑惑。鄂人所言的"鱼肚"，莫非鱼鳔？

虽说春日欣欣，到处万物萌发气象，但不晓得为什么，人的胃口奇差，年年如此。每一餐苦于，亘有饿意，却无食欲。

唯以咸货刺激。

咸肉成为百搭大使。蒜薹咸肉、冬瓜咸肉、萝卜咸肉、芦笋咸肉、竹笋咸肉……无须技术，随便一烧，皆味美。

颀长的大白萝卜，颇为廉价。超市打折，九毛九一斤。买一根，滚刀切。咸五花，二三两即可，滚水泡过，祛除灰尘，切厚片，干煸出油，汇入若干新鲜瘦肉块一同爆炒，再入萝卜，炒去辣腥气，酱油上色，加水，移至砂锅中，小火慢炖。

春日阴阴，人一直陷身于春懒中无以自拔，痴痴盹盹中，唯守着这一锅咸肉萝卜，刨下半碗米饭。

有一年，得到一块宣威火腿，用来红烧冬瓜，当真一绝，滋味难忘。

孩子前阵去徽州春游，回来说是看见了许多火腿，三年的、五年的……我把口水咽了一咽，欲言又止。

春欲尽，许多叶类菜有了涩苦口感，茼蒿、菜薹、芫荽，莫不如是。有一顿，炒了一把芹菜叶，入嘴，苦不堪言。

自仲春到晚春，气温、雨水对于植物的潜移默化，恰如海浪，一波一波涌动，当真到了大啖椿芽、马兰头的好时节。

春光易逝，菜价变化也大。椿芽第一茬，60元一斤，现已降至45元。每次一两即可，串三四颗柴鸡蛋，炒至黄金碎，清香扑鼻。这一物，略咸点。淡了，会腻。

比起椿芽的珍贵，马兰头普适得多，田间地头湿地，处处簇生。10元一斤，卖的是采收工夫。择去枯草，掐掉老秆，洗净，焯水，挤去汁水，切碎，佐以麻油、香醋即可。

《野菜谱》里提到马兰头："二三月丛生，熟食，又可作齑。"

一直不解"齑"字在这里何意。莫非碾成细粉，入药？

袁枚《随园食单》提及："马兰头菜，摘取嫩者，醋合笋拌食。油腻后食之，可以醒脾。"

野菜多为粗纤维，皆可解腻。

清明过后，槐花即将抱蕾——餐桌上忽现一碟花馔，也是平凡日子赠与暮春的雅意。

# 人生滋味

年关去菜市，总爱去肉摊前驻足。

大雪过后，这座城市的主妇们仿佛领取了神启，三五成群集结于肉案前，大肆采买猪前胛，装腊肠。摊主遵嘱，撕一角小纸条，飞速划拉几笔甜咸抑或麻辣字样，啪一声贴在肉上，装袋。一份一份，按照前后顺序有条不紊地排列着。

半爿黑毛猪拖上案板，庖丁解牛般剔除肋排、筒骨、扇骨等，剩下软沓沓一摊肉，冒着热气的，火速被分割成一块块，一忽儿便被主顾们认领完毕。

无比热爱这喧闹的氛围，连同肉案师傅身上那条黑皮围裙晶晶亮的油光，也是可亲可珍的。

平素，作为一名不甚热爱生活的丧人，连行路均是着急忙慌的。一挨深冬，一颗焦躁的心不知被何方大神遍洒圣水，沐浴得宁静一片，以局外人的闲情徜徉菜市，咸咸淡淡补足人间烟火。

有位邻居，唯一的宝贝女儿定居深圳，早几年前，老两口一并跟去看护外孙。年年寒冬，邻居总要回来一趟。何故？不过是为了装几十斤香肠带去，说是广肠不合胃口。他千里迢迢回庐，就为了故乡一味。

每年冬，为了吃上几钵腌笃鲜，我必须腌点咸肉。

往年，怕麻烦，一律让卖肉的老板娘协助抹点食盐，拎回，密封于不锈钢盆里，放北卧空调外机上静置一周，晾晒。今年，决定改良一番。花椒与盐一起焙香后，一点点抹在肉上。另腌了几根肋排，最近它们正被吊在竹竿上接受阳光夜霜的洗礼。

早晚去露台观天象，总要情不自禁将鼻子凑近闻闻，是复调的香气啊——花椒的麻香裹挟着肉的咸香，丰腴、醇厚，确乎治愈人。寒风再哨几日，便可享用了。

咸排，不仅与冬笋是一对好搭档，亦可与白萝卜同煨。

世间总是白萝卜常有，而冬笋不常有。

咸排剁成小块，温水清洗后，入油锅煸香，移入砂罐，滚水没过，顶沸，一霎时汤白如乳，白萝卜切滚刀大块，丢进去，改小火咕噜数小时，关火揭盖，萝卜吸饱排骨的肉香气，入嘴沁香馥郁，稍微抿一抿，即刻化作一摊汁水。末了，再哨排骨——得益于盐与阳光的成全，而涅槃了的咸香，直钻肺腑肝肠。

是的，确乎要哨，必须用到山顶洞人最原始的吃法，方显身心舒豁，直接用手捏一块，横在嘴边哨食。

咸排骨的滋味，较之鲜排骨，不知要高几个档次。二者之间，注定隔着一个冬天的河流。

倘吃得豪横点，不与任何菜式配搭，直接隔水清蒸，美味更上一层吧。

年岁渐长，愈发热爱手工。今年又增了另一项技能，也可能是招惹了晒神——每见品相好的白萝卜，执意买回。背靠暖气片，先后切出十余斤萝卜，将之晾成细如毛线的萝卜丝儿。最享受的，则是切丝的过程，内心开阔又安宁，直至切得胳膊抬不起，方才罢休。

一日，牛肉打折，忍不住买回些许，切成大小适匀的一块块，以盐腌法炮制，食盐花椒双双加持，放冰箱静静发酵三日，挂出晾晒。

一块块肥厚玫红的牛肉，在冷风中悠悠荡荡五六日，龟缩至黢黑的一丢丢。纵以温水浸泡过，下刀却也生涩，手腕都切痛。热锅冷油，以小米辣炝锅，与青蒜爆炒，入嘴，香是确实香，河西到末了，嚼牛肉，嚼得腮帮子都酸了。牛肉较之猪肉，纤维密实，不能像后者那么晒狠。

一个寒风瑟瑟的早晨，早市鱼摊前，忽现几十条一米长的青鱼，集体游弋于阔口深桶中，迅速围拢一群食客叽叽喳喳不停。我抄起网兜捞起一条，起码十余斤的身子——这用来腌制鱼干，该多美气啊。晒干后斩成一块块，放陶制的坛子里，底层搁半盏花雕，整个坛口以荷叶密封，待二三月时享用。揭开坛子，鱼肉深红，酒香扑鼻。

许多年不曾吃过酒糟咸鱼了。

最近，又打算腌一件物什。它太漂亮了，每次超市遇见，都会多看几眼，确乎是萧瑟寒冬里一团团玫红色火焰，比霜后银杏叶还要绚烂多姿。后者，我一出门总要捡拾几枚，旧我迅速复活——倘回到可以写信的年月，想必随信附赠几枚吧。

惜乎，日子是往前过着的，旧时代不再。但我何以不能腌点红萝卜呢？不贪多，七八根足矣，切成食指长短粗细，用缝衣针一条条串起，挂在外露台一点点阴干，每每黄昏归家，抬头必见那一串串红红的火焰，想必暖意茸茸。将八角、花椒、香叶炒熟，碾成粉末，与萝卜干同腌，放在糖水玻璃瓶中杵紧，密封月余。热锅冷油，几瓣老蒜煸香，一撮萝卜干，下锅炝炒，激点凉水，酸脆纵横，香气弥漫。

早餐一碗小米粥，佐以萝卜干，咀嚼有声，大抵金不换了。

说来说去，不过就是一只平凡的胃。一碗粥一碟咸菜，最得人生滋味。